「難道……
就沒有人要成為我的同伴嗎……」
the War ends the world /
raises the world
這是妳與我的最後戰場，或是開創世界的聖戰 4
希絲蓓爾・露・涅比利斯九世
Sisbell Lou Nebulis IX
涅比利斯皇廳的第三公主。寄宿著能重播過去發生種種事態的「燈」之星靈。平時都窩在城堡裡的房間足不出戶。

「人家的泳裝如何？可愛嗎？」

米司蜜絲・克拉斯

Mismis Klass

帝國軍第三師第九〇七部隊的小隊長。由於摔落至星脈噴泉，身上寄宿著星靈，化成了魔女。

獨立國家阿薩米拉

Independent State Alsamira

位於大陸東部廣大沙漠地帶的綠洲位置，是小規模的國家。境內坐擁美麗的沙灘，因觀光產業而繁榮。既不屬於帝國和皇廳，也不曾表明過中立。

「還以為這是能和妹妹好好聊聊的機會，
但看來情況有些不對勁呢……」
愛麗絲莉潔・露・
涅比利斯九世
Aliceliese Lou Nebulis IX
涅比利斯皇廳的第二公主。為了追
查妹妹希絲蓓爾不尋常的舉動，追
蹤起她遠征的足跡；然而……

「那道光芒是……你的內部
到底藏了什麼東西！」
烈焰宛如浪濤般，朝天空延伸而去，
並有數以千萬的火星從空中灑下。
仰望著火牆的希絲蓓爾渾身發抖。
伊思卡
Iska
帝國軍第九〇七部隊的隊員，過去
曾晉升至使徒聖的少年劍士。在阿
薩米拉，他與那名讓自己被趕下使
徒聖頭銜的魔女重逢。

這是妳與我的最後戰場，
或是開創世界的聖戰　4

the War ends the world /
raises the world

So Se lu, Ez shela noi xel.
向星星許願。

corna, soo, vayne, loar, lue, flow. Ahw neo evoia faite ria xel.
火、水、土、風、音與光，皆為點綴星星的崇祀。

Sew sia lukia Sec kamyu. Sera lu E lukia Ses qelno.
我將向妳展示我的過去。所以向我展示未來吧。

Kadokawa Fantastic Novels

the War ends the world / raises the world

CONTENTS

Prologue 「記憶」

「『使徒聖』伊思卡——」

「由於協助魔女逃獄，以叛國罪將之逮捕，並下達了無期徒刑的判決。」

時光倒回一年前——

當時發生了受版圖最大的國家「帝國」逮捕的一名魔女，被一名帝國劍士釋放的事件。

那名魔女時年十四，是一名稚氣未脫的少女。

然而，帝國不會給予魔女絲毫通融的餘地。

——降以絕無慈悲的懲罰。

年幼的魔女獲救之日，正是執行處決的前一晚。當時的她恐懼著即將施加己身的可怕暴行，正處於夜不能眠的狀態。

「安靜一點。我這就把妳放出去。」

「爲什麼……你要……讓我逃跑……？」

帝國士兵為何要營救魔女？這到底有什麼好處？還是說，這也是帝國陷阱的一環？

魔女雖然一頭霧水，但還是信了他的話語選擇逃跑。

她絕對不能死在這裡。

她有著「成為偉大母親的繼承人」這樣的目標，所以才會抱著孤注一擲的決心逃出帝國領土，拚了命地抵達了故鄉涅比利斯皇廳。

然而——

魔女心底湧現而出的並非希望，而是另一股孤寂之情。

……對呀。

……就算回到皇廳（母國），自己也沒有任何一個同伴。

在身為俘虜的恐懼感淡化後，她回想起這樣的事實。

「……不對！」

即使被拖入絕望的泥淖中，年幼的魔女仍咬緊牙關衝了出去。

前往王宮。

那既是自己的住處，同時也是最為邪惡的「背叛者們」蟄伏的魔窟。

「我絕不能將皇廳交到背叛者的手裡。要繼承母親大人成為女王的，就該是我才對。是這樣沒錯吧，希絲蓓爾！」

擁有王位繼承權的其中一人——

皇廳的第三公主希絲蓓爾·露·涅比利斯九世在幾天之後，知曉了協助自己逃跑的帝國士兵——伊思卡的名字。

而時間回到現在。

愛惡作劇的星星所指引的命運，再次聯繫起魔女和劍士的緣分。

Chapter.1　「前往度假勝地」

1

「阿伊！這裡、這裡！快點跟上！」

「米、米司蜜絲隊長，請別這樣！我會去對面等的，您和音音一起進去就好了吧！」

「沒——關係啦！這只是在陪女生購物而已，很好玩的喔！」

「這是騙人的吧？」

位於帝都詠梅倫根。

這是版圖最大的國家——「帝國」的首都，同時也是受地表最強軍事力量守護的鋼鐵之地。

在設置於這個國家商業區的購物中心裡——

伊思卡正被隊長米司蜜絲拽著手臂前行。

「別這麼害羞嘛。不過就是挑件衣服而已，阿伊你也太誇張了啦。」

「……我不是說過您的好意我心領了嗎？」

由於米司蜜絲隊長絲毫沒有放手的意思，他也只能被乖乖拉著走。

伊思卡是一名有著黑褐色頭髮的少年，今年十七歲。

他隸屬於帝國軍方的人類防衛機構。正如機構之名所示，他負有保護帝國人民、免於敵國「涅比利斯皇廳」魔女侵犯的使命。

然而，理應是一名軍人的他——

現在卻不知為何來到了購物中心。

「阿伊，人家現在的身心靈，可是強烈地渴望著度假勝地喔！」

嬌小的女隊長轉過身子，握緊了拳頭說道。

隊長——米司蜜絲・克拉斯。

她的個子比伊思卡矮上一個頭，稱得上是相當嬌小的身材，而且還有一張稚嫩純真的容貌。

雖說她的外觀怎麼看都還只是個小朋友，但其實已經是一名二十二歲的成年女子。

「咱們部隊總是得賭上性命戰鬥；不過，有時也該放下使命，好好讓心靈放鬆下來喔。人家說得沒錯吧？」

「您說得是。」

「既然如此！部下（阿伊）陪隊長（人家）共度休假日是理所當然的事！」

「那我的休假日怎麼辦！我也想拋下使命慵懶度日啊。」

「哎呀～阿伊在這方面還是個孩子呢。身為社會人士，可不能罔顧自身的立場喔。就算是放假期間，阿伊也還是人家的部下喲。」

嘻嘻——米司蜜絲看似開心地仰望伊思卡。

正如隊長所言，兩人正在放長假，而且有整整六十天之多。伊思卡也是頭一次放到這麼長的假期。

「快點跟上呀，阿伊。音音小妹也在等我們呢。」

「…………」

「人家也很久沒穿這種服飾了呢，好期待呀，該選哪種款式好呢？阿伊，你怎麼看？」

「……不，您這樣問，我也很難回答啊。」

伊思卡小聲回應，有些害臊地垂下臉龐。

身旁全是女性客人。雖說還是少年的年紀，男性客人在這種服飾店裡仍然惹人注目，周遭尖銳的視線刺得他隱隱生疼。

「哇！阿伊，你看，這件泳裝好大膽呢，根本就只是幾條繩子呢！」

這裡是女用泳裝的專櫃。

米司蜜絲雖然喜孜孜地指著壅塞地陳列在一起的泳裝，伊思卡本人卻是處於連頭都不敢抬的狀態。

周遭女性客人們的視線扎得厲害。

整間店裡只有伊思卡一名男性。「他來女用泳裝的專櫃做什麼？」——總覺得能聽見女性顧客們的這般心聲。

「阿伊，你一開始不是很有興趣嗎？現在是怎麼了？」

「因為您只和我說是『去買衣服』，我哪知道是要買泳裝啊……」

「呵呵，你還真是口是心非呢！」

上司這回拿起充滿女人味的豹紋泳裝，刻意拎到伊思卡的面前秀給他看。

「阿伊，你就從實招來吧。」

「……我有什麼能招的？」

「當然是『身為部下的我能見到隊長身穿泳裝的模樣，實在是幸福至極』啦。」

「不不不不。」

「欸欸，你喜歡那件有繩子的，還是這件豹紋的？嗯？都喜歡嗎？原來阿伊是這種積極主動的個性呀。呵呵，姊姊我真傷腦筋呢。」

「……隊長您開心就好。」

伊思卡看著開開心心地眺望泳裝的隊長，深深地嘆了一口氣。

自己為什麼會在這種地方？

而且被機構司令部「強制命令」放長假一事也是不尋常的狀況。

不過——

能確定的是，他們說什麼都得利用這次的長假，立刻把米司蜜絲隊長帶出帝都才行。

因為現在的她（米司蜜絲）是帝國之敵。

是為帝國帶來災厄的魔女。

起因是在十天前——

就在一度淪為冰禍魔女愛麗絲俘虜的伊思卡逃出魔女樂園，回到帝都不久後……

2

單一要塞領域「天帝國」——俗稱帝國。

這個國家被稱為機器運作的理想鄉，在高度機械化的軍需發展下，如今已是擁有最強軍事力量的國家。

發展軍需是為了戰爭嗎？

若是這麼詢問帝國司令部，他們肯定會嚴正否決吧。

——這是為了淨化世界。

為了殲滅魔女和魔人。進一步來說，就是為了守護這世上的人類。受此號召的帝國軍也是日漸精強。

而位於帝國中心的帝都，軍事區設置的檢查哨裡——

「受檢體伊思卡。」

「由內科醫師進行全身檢查。檢查有無感染症狀。根據精神科醫師進行的精神鑑定結果無異狀。」

軍用醫療中心的體檢室——

隨著空氣排出的「噗咻」聲傳來，原為密室的房間門扉被打了開來。

『檢查結束，請離開房間。』

女性的聲音從天花板發出。

這陣嗓音缺乏抑揚頓挫，感覺像是機械借用人類的聲帶發聲似的。

『您辛苦了。本院核可您進入帝都。』

「……檢查結果的報表呢？」

『本院已通報司令部。』

——你無權閱覽體檢報告。

伊思卡覺得自己被暗酸了一把，苦笑著點了點頭。

「除了我以外的人呢？」

『隊長米司蜜絲和其他兩名人員的檢查結果皆無異狀。請在本院一樓的大廳會合。』

「我知道了……謝謝。」

他脫去看診時著用的白衣，換上穿慣的戰鬥服。

就在他循著廣播的指示，準備前往一樓大廳時，隨即便發現三位熟人已經在不遠處等候了。

「啊，伊思卡哥出來了！吶吶，你沒事吧！」

音音率先出聲。

看到伊思卡後，她隨即晃著髮量豐沛的紅色馬尾，看似開心地跑了過來。年僅十五的她不僅是通訊技師，也是極為優秀的機工士，是一名才能出眾的少女。

「檢查應該沒出什麼意外吧？沒有吧？」

「當然了。」

「啊——太好了！」

音音按著胸口鬆了口氣。

雖然她的反應乍看之下有些誇張，但就連伊思卡本人也是在檢查過程中狂冒冷汗。

……淪為皇廳俘虜的帝國士兵(我)生還歸國。

……在帝國司令部眼裡，會懷疑我並非「平安」歸來也是理所當然的。

涅比利斯皇廳以「魔女樂園」的惡名為人所知。

直到數天前，伊思卡都還是被留置在境內的俘虜之身。

「我會打倒這傢伙。」

「而作為交換條件，在我和部隊(同伴)穿越國境之前，妳不能出手干擾。」

從皇廳國境離境後，他們先是行經幾座中立都市，隨後抵達帝國軍的起降機場，再搭乘運輸機，終於在八小時前平安歸國。

事情總算告一段落了？

就在眾人冒出這般念頭時，機構司令部隨即下達以安檢為名的全身檢查命令。

「音音，妳做了什麼檢查項目？」

「嗯——果然還是這個吧。他們都在調查這個圖樣有沒有變化。」

音音以秀出手錶般的姿勢伸出手臂。她的手背上隨之浮現出散發著朦朧紅光的圖樣。

——星紋。

那是受到星靈寄宿的魔女證明。這若是正牌的星紋，音音恐怕會被當場逮捕吧。

「音音我的這個，顏色是不是變淡了一點啊？」

「嗯。璃灑小姐也說過，這效果頂多只能維持一個禮拜。」

音音的星紋其實是冒牌貨。

原理應該與人工助曬的方式相近吧。這是將強大的星靈能量照在皮膚上，只薄薄地浮現出一層星紋的技術。

……這只是受到星靈能量的照射，並非讓魔女化的元凶星靈寄宿己身。

……所以這還不至於讓人轉化為魔女。應該是這麼回事吧。

伊思卡雖然隱約能明白其中的原理，但從不覺得這種能化為可能的技術真實存在。

「陣的檢查呢？」

「我這邊還沒什麼變化耶。看來狀況會因人而異。」

狙擊手陣一派輕鬆地躺靠在大廳的休息椅上說道。

他比伊思卡年長一歲，今年十八歲。

這名青年有著向後梳的銀髮，同時擁有銳利的灰色雙眸和精悍的面容。他身穿灰色的戰鬥服，將放了狙擊槍的防震箱擱在腋下。

雖然現在被鞋子遮住，但他的腳踝部分如今應該也浮著人工星紋的圖樣。

「我是還有鞋子擋著所以沒差，不過音音，妳最好戴雙手套把星紋（那玩意兒）遮起來。要是被不曉得我們特殊任務內容的士兵看到，那可就難辦了。」

「好、好的。」

「和我們一樣接受『星靈手術』的有十二支部隊，合計五十一人。這代表帝國軍有超過百分之九十九的成員都不曉得特殊任務的存在。」

「咱要四位（大家）侵入涅比利斯皇廳。」

「特殊任務的內容是『入侵皇廳』，然後活捉現任涅比利斯女王。」

使徒聖璃灑所下達的作戰指令——

是要利用這個人造星紋闖越皇廳的國境關卡，進而活捉涅比利斯女王，是極為機密的任務。

……我們部隊雖然回到了帝都。

……但剩餘的十一支部隊恐怕仍潛伏在皇廳的州內等待時機吧。

絕大多數的帝國士兵都不曉得特殊任務的存在。

浮現在陣和音音身上的星紋，最好還是別讓人瞧見為妙。

「那麼伊思卡，你又如何？」

「我嗎？」

「你在檢查時花費的時間最多，肯定比我們調查得還要詳細許多吧？」

「但我進行的也都是些意料之中的檢查。先是由內科醫師和精神科醫師進行診療，再來是檢疫有無感染皇廳的流行疾病，以及透過X光掃描檢查身上有沒有被嵌入什麼裝置。」

一度淪為俘虜的帝國士兵生還歸國。

對於帝國而言，這不見得是百分之百的好消息。畢竟生還的士兵，有可能被魔女的手下作過「改造」。

「我也做了星靈能源方面的診療。」

「咦？伊思卡哥和音音我們不一樣，沒有施加人工星紋吧？那應該不會有星靈能源的反應才對呀？」

「因為有洗腦型的星靈術存在啊。雖說案例相當稀少就是了。」

操控內心的星靈——

涅比利斯皇廳可是魔女們的領土。在淪為階下囚的期間，自然有可能被能操控人心的星靈動過手腳，因此才會進行相關的診斷。

「還有，我一直被追問是否曾受到拷問和審問。」

「伊思卡哥是怎麼回答的？」

「就和我先前和大家說的那樣——我是被下了安眠藥後遭拐，而在清醒前的這段期間，對方並沒有對我動手。」

這話其實半真半假。

他確實沒受到拷問或是刑求。而雖然銬上了手銬，但伊思卡一直待在旅館頂層的貴賓室，被賦予了相當自由的活動空間。

而敵國公主愛麗絲也在身邊——

「本小姐會直接監視你的一舉一動，你可要感到光榮呀？」

若要說伊思卡的證詞之中有說謊的部分——

那就是他確實沒受到拷問或審問，但對方並非「什麼也沒對他做」。

想必就連帝國司令部也不認為那位「冰禍魔女」愛麗絲和帝國士兵伊思卡會是在戰場上見過面的交情吧。

……就算真的照實說了，也不曉得司令部會不會相信我的話。

……要是輕率地開口，我只會被懷疑是皇廳派來的間諜。

畢竟伊思卡去年才犯下了協助魔女逃獄的罪行，這起事件甚至使他失去了使徒聖的頭銜。

雖說對陣和音音保密讓伊思卡有些良心不安，但部隊的同伴恐怕會因他的一席話，以共諜罪嫌遭到法辦。

況且進一步來說——

「……那個……妳差不多該穿衣服了。至少也該穿個內衣褲。」

「呀啊——！伊、伊思卡！你也太下流了！你剛才是盯著哪裡瞧呀！」

「是愛麗絲妳自己露給我看的吧？」

不，還是別想了。

少女（愛麗絲）那剛出浴的赤裸身體，對於正值青春期的少年（伊思卡）來說實在是過於刺激。光是稍作回想，就足以讓他面紅耳赤。

……是說，還是把那件事忘了吧。就這麼澈底忘掉。不忘掉可不行。

……不然我會睡不著的。

「伊思卡哥？你臉好紅耶？」

「沒、沒什麼啦，我沒事……話說，現在問這個好像有點晚了。」

在陣的身後——

一名藍髮少女正躺在會客廳的椅子上。不對，不能稱她為少女。要是把她當孩子看，可是會惹她生氣的。

雖說她蜷曲著身子橫躺的模樣怎麼看都是個可愛的小女孩；但是這一位確確實實是一名成年女子。

「米司蜜絲隊長，您在做什麼呀？」

「…………」

「隊長？」

「她在逃避現實啦。」

代為回答的陣向後轉身，用下巴比了一下遮著左肩星紋躺在椅子上的女隊長說道：

「喂，隊長（老大），起床了。收到再次回診的通知也不錯啊，多了一個禮拜的猶豫期呢。」

「呀啊啊啊！拜託你別說了！」

隊長宛如彈簧般坐起身子。

「阿伊阿伊，這回輪到你囉。人家已經賭命闖越皇廳救了你一次，所以這一次輪到阿伊來救我了！」

「隊長，請冷靜一點。發生了什麼事嗎？難道檢查出了狀況？」

他嘴上這麼問，但仍記得剛才廣播說過四人都是「沒有異狀」的結果。

「雖然沒有異狀，但音音我們還要複診呢。」

「為什麼要複診？」

「你看，音音我們的星紋還沒消失吧？」

音音摸了摸自豪的馬尾說道：

「他們說在星紋消失之前，我們都要作追蹤檢查。所以一個禮拜後還要再來複診呢。」

「……原來是這個意思啊。」

這和曬黑的皮膚會在隔一段時間後恢復原狀是同樣的道理。

以目前的技術來說，附著在皮膚上的人工星紋頂多只能維持一週。若是超過這個期間，據說星靈能源就會從皮膚剝落。

「我和音音的圖樣會在一週後澈底消失，只要確認過這一點，複診就告一段落了。問題在於隊長的星紋——」

「阿陣！拜託你別說了！」

米司蜜絲隊長像是在阻止陣把話說完似的，從他的背後抱了上去。

「要是被別人聽見了……」

「我不會說啦。哪可能在這種設施裡說出口啊。」

陣也壓低聲音回應。

——不能公然宣之於口。

和陣與音音的星紋不同，米司蜜絲隊長左肩上的星紋乃是「正牌貨」。

魔女化。

由於墜入了噴發星靈能源的星脈噴泉之中，使得米司蜜絲隊長遭受星靈附身。

……就算音音和陣的星紋消失了，米司蜜絲隊長的星紋也仍會存在。

……換句話說，下禮拜的複診會讓「正牌貨」一事曝光。

單就外觀來說，要隱藏星紋並不困難。

只要貼上膚色貼紙蓋住星紋即可。也有像醫療用繃帶這類能巧妙地遮掩肌膚傷口的工具。

「不過令人感到棘手的，是圖樣滲出的星靈能源啊。光靠貼紙是藏不住這種能源的。要是拿檢測器靠近，馬上就會露餡了。」

「……該、該怎麼辦？」

「隊長，冷靜點。這和執行特殊任務之前的狀況完全一樣。無論如何，我們都要想辦法應付星紋的問題，而時限則是在這一週之內。」

「……要是找不到對策呢？」

「交給我吧。」

嬌小女隊長戰戰兢兢地凝視著陣，而銀髮狙擊手則是接下了她求助的視線，毫不迷惘地點了點頭。

「我會在妳被逮捕前把妳送出帝都的。我這就去規劃逃亡路徑。」

「阿陣！你認真點啦！」

「我可是非常認真的。欸，妳別這麼大聲講話，要是這陣叫嚷被人聽見的話──嗯？」

遠處傳來了堅硬的「叩叩」腳步聲。

只見兩名女子來到了醫療中心的入口處。其中一人身穿帝國軍的戰鬥服，另一人則穿著黑色套裝。

「璃灑，妳這樣做是違法的喔。這件事我會向帝國議會呈報。」

「所～以～說～米卡卡，咱不是和妳道過歉了嗎？是咱不好，所以原諒咱嘛？好嘛？」

「請稱我為米卡艾拉。我應該拜託過妳，上班時間要用全名稱呼我吧？」

「機構司令部整合醫療團隊高階醫官米卡卡。」

「我沒有要求妳完整稱呼我的職稱；而是要妳稱呼我的全名。別說廢話了，走快點。」

「好痛、好痛！」

身材嬌小、身穿套裝的女子，正拖著高挑女子朝著這裡走近。伊思卡認識其中一人，另一人則是初次見面。

「啊，璃灑！」

「嗨……米司蜜絲，妳看起來很有精神，真是太好了。」

女使徒聖垮著肩膀，舉起一隻手打招呼。

——璃灑．英．恩派亞。

她有著一張聰穎且端正的面容，帶有知識感的黑框眼鏡與她很是匹配。

由於身材高挑窈窕，就算穿著普通的戰鬥服，看起來也仿若正裝。讓伊思卡感到吃驚的，是她居然會出現在帝都這樣一個小角落。

使徒聖第五席——

她身為天帝的直屬武官，除非有任務在身，不然不會離開天帝的身側。按理來說，她應該不會跑來這種帝國郊區，而是待在帝都才對。

「璃灑，怎麼了？」

「啊……呃，該怎麼說呢，哈哈哈……」

「請別打馬虎眼了，璃灑。」

身穿套裝的女性，抓著璃灑的手接話道：

「幸會，第九〇七部隊的各位，我名為米卡艾拉。」

她彬彬有禮地行了一禮。

「我隸屬於司令部的整合醫療團隊，主攻醫療相關的法律，主要的職責是為現場醫療團隊進行指導。」

醫官——

這是隸屬於帝國軍的特殊技能兵之一，是擁有醫師執照的士兵。

……既然隸屬於機構司令部。

……那麼階級恐怕比米司蜜絲隊長更高。

司令部是囊括了機構第一師至第六師的中樞組織。儘管她看起來還很年輕，但既然能在其中任職，想必地位應該不低吧。

「初、初次見面。呃呃、那個，您找我們有什麼事嗎？」

「有很嚴重的事。」

「請、請問是什麼事呢！」

不會吧……

人家掉入星脈噴泉變成魔女一事曝光了嗎——米司蜜絲臉色鐵青，如實呈現出內心的吶喊。

「璃灑要向各位道歉。」

「…………什麼？」

「司令部控管著帝國全軍的戰鬥狀況。特別是在我專攻的醫療法方面，更是為了讓傷患盡速回歸戰線，而提議了為各員量身定作的醫療制度。」

「……呃，所以呢？」

「我拜見了第九〇七部隊（各位）的勤務紀錄表。」

她腋下裡挾著的應該是資料板夾吧。

只見米卡艾拉醫師翻閱起由數十張影印紙構成的文件，同時說道：

「所有人都確定呈現過勞的狀況。根據軍法規定，機構第三師的連續戰鬥時數上限，原則上是三十天，在特殊狀況下則是四十五天。不僅實戰時數計算在內，也包含了承受同等負荷的演習時數。而司令部核定各位已然超過了法定時數——」

「等等，我們隊長跟不上狀況。」

陣拍了拍米司蜜絲的肩膀，她表現出一臉茫然的模樣。

「麻煩請精簡一些。」

「各位『工作過度』了。」

女醫師將一張畫有紅圈的紙張展示給眾人。

「這已經違法了。」

「咦？可、可是我們只是依照命令出動的呀！」

「沒錯。問題出在上司，也就是使徒聖（這個人）身上。」

她指向站在身旁、正把臉撇開的璃灑說著。

「是這樣沒錯吧，璃灑？」

「……什麼嘛……稍微多出勤一點又不會怎樣……」

「什麼叫不會怎樣？」

「對、對不起啦！是咱不好，所以別這樣瞪咱啦！」

璃灑有些尷尬地露出苦笑。

「但那也是攸關帝國上下的重要任務，所以沒辦法吧？」

「不。我軍麾下的優秀部隊多不勝數，若是過度操勞其中一支部隊，最後落得無法上陣的狀況，可是會引發國民輿論的。」

女醫師用板夾指著璃灑的胸口。

「在和名為冰禍魔女的怪物交戰後，妳又下令他們搜索星脈噴泉對吧？這兩次任務的目的都是和純血種交戰——我沒說錯吧？」

「……大、大概是吧？」

「換作一般的部隊，就是『足以覆沒兩次』的狀況了。」

她用板夾的邊角抵著璃灑的胸部。

「更糟糕的是名為『涅比利斯女王活捉計畫』的特殊任務。在結束搜索星脈噴泉後，妳只隔了僅僅四天，就又將第九〇七部隊派往涅比利斯皇廳的國境對吧？在不到兩個月的時間裡，妳就將一支部隊三度派往極度危險的地區，這實在是太過火了。」

「…………」

「這足以讓部隊覆沒三次了。由於無人犧牲，所以消息還傳不太開；但要是被其他部隊知道了，是會讓他們對司令部的判斷產生疑心的。」

「放～心、放心，沒曝光的話就沒事啦。」

「這、很、嚴、重！」

米卡艾拉吊起眉毛，朝使徒聖逼近。

「璃灑，妳因為有使徒聖這個有點高高在上的頭銜，所以心態就太過散漫了。這是司令部的全體意見。而身為朋友，我也不能放任妳繼續玩火自焚。要是沒有醫療法界權威的我出面，妳也弄不到『那種藥』——」

「好了，米卡卡，就聊到這裡吧？」

「唔！」

璃灑的指尖輕觸女醫師的嘴唇。

這妖豔的動作，讓猝不及防的米卡艾拉醫官微微臉紅。

「就是這樣，大家抱歉囉～」

女使徒聖合起雙掌，假惺惺地低頭致歉。

「被米卡卡提醒之後，咱也嚇了一跳呢。唉呀～想不到各位會是過勞狀態，真是超乎意料的事實呢。」

「璃灑，妳好過分！」

米司蜜絲隊長立刻就槓上了若無其事的使徒聖。

「人家一直覺得司令部老是把困難的任務丟給我們做，原來都是璃灑的個人指示！星脈噴泉的任務也是，害得人家都變魔──」

「隊長。」

「啊，好痛！啊、啊哈哈哈哈……沒事。」

被陣從身後踢了屁股一下的她立刻安分下來。

「那、那我們該怎麼辦？」

「依法辦理。」

米卡艾拉斂去臉上的紅暈，清了清嗓子說道：

「在超過連續戰鬥的時數上限時，司令部會發放特別休假作為療養之用。各位至少可以獲得六十天的假期吧。」

「六十天！」

「容我重述一次，璃灑所下達的三次出擊指令，就算讓部隊潰敗三次也不奇怪。根據醫療團隊的判斷，各位若是繼續戰鬥下去，將會背負相當嚴重的風險。」

夾在板夾上的，是一張公文。

有司令部簽名的紙交到了米司蜜絲的手上。

「我在此下令，第九〇七部隊將進行六十天的特別休假。這是司令部的決議。除了天帝大人的直接命令之外，這項命令的重要度將凌駕於其他命令之上。詳情會在今天之內通知各位，若眼下有問題的話不妨提出。」

「從我開始問吧。」

「請說。」

「妳說下令是怎麼回事？一般來說，應該會用『准予休假』一類的字眼吧？」

「這是個很好的問題。」

點頭回應的米卡艾拉醫官，對著身旁的璃灑露出耐人尋味的微笑。

「這並非權利而是命令。並非『可以休假』，而是命令各位『一定得休假』。」

「言下之意是——」

「六十天——在這段時間內，司令部將禁止各位進行自主訓練或是參加任何演習。比方說，我就能預期某個使徒聖會跑去這麼搭話：『欸欸欸，米司蜜絲，反正妳現在很閒對吧？』」

她瞪著將臉別開的璃灑繼續說：

「倘若是使徒聖的『請求』，那麼各位也不好拒絕吧？也能預期某人會用自主研修或懇親會一類的名義要求各位參加訓練。」

「感覺挺有可能的耶。這很像是某位使徒聖大人愛用的手法。」

「為了澈底阻絕這類請求，我們才會下達這樣的休假命令。」

整整六十天的強制休假。

在這段期間，可以不用遵守任何命令。換句話說——

「最好的方法就是出個遠門呢。我特別推薦各位離開帝都——甚或是離開帝國。這麼一來，就連璃灑(這個人)也沒辦法抽空找你們商量。不妨前往帝國周遭的同盟國家作靜養吧？」

「不過，我們下禮拜還得回來這裡複診。」

「那也一併延期了。」

「——————」

陣和音音輕輕頷首。這名女醫師肯定沒發現米司蜜絲隊長的雙眼閃過了一絲光彩吧。

「關於各位的星紋，我們司令部也已經掌握了大致的資訊。由於實驗數量已經十分充足，所以才掌握到星靈能源會在七天左右消散的結果。為此，各位於六十天後重回帝都時再重新檢查即可。不過，屆時星紋應該已然消失了吧。」

「明白了。對吧，隊長？」

「咦？啊、嗯、好！」

米司蜜絲連連點頭。

「交代事項就到此為止。好了，璃灑，我們回去吧。接下來該工作了。」

「米卡卡，咱也好想休個假呀。」

「妳是使徒聖，所以不歸司令部管轄。請向天帝大人交涉吧。」

「怎麼這樣……！嗚嗚，各位再見啦，要好好享受長假喔。咱會在休假結束後讓你們好好工作一番的！」

使徒聖第五席就這麼被拖著離開大廳。

至於留在現場的眾人——

「呃？」

馬尾少女戰戰兢兢地開口說：

「音音我們得救了對吧？是說這麼一來，米司蜜絲隊長就有好一段時間……」

「音音小——妹！」

「哇哇！」

音音被比自己更為嬌小的隊長一把抱上，重心有些不穩。

「太好了，我們能放假了耶！既不用擔心璃灑過來拜託一些強人所難的事，複診的時間也延後了，棒呆啦！」

「哪有那麼好的事啊？妳也推敲一下弦外之音吧。」

陣再次仰靠在椅背上頭，仰望天花板說：

「就如那名醫官所言，我們所作過的三次遠征，都是尋常部隊覆沒三次也不奇怪的險地。但機構司令部（那些傢伙）的盤算，是『只用短短六十天的特休就讓這件事一筆勾銷』啊。」

僅讓一支部隊多次出生入死。

而回報則是以療養為名，僅僅六十天的特別休假。正如陣所說，就一般狀況來說，這完成任務的報酬實在是太不划算了。

……要是再想深一點。

……這也代表我們在六十天後又要趕赴險地了。

當然，伊思卡也察覺到此事。

他和陣的不同之處，只在於有沒有親口出言解釋而已。

「但勉強保住一命確實是事實啊。」

「就、就是說嘛！人家的猶豫期不是從一個星期延長成六十天了嗎？如此一來一定能輕鬆過關的！」

米司蜜絲隊長連連點了好幾次頭，而她的話聲也和幾分鐘前大為不同，如今充滿了活力。

「既然要放假……呃，阿伊，我們該怎麼辦呢？」

「離開帝國吧。就當是作個旅行也好，我認為再怎麼說還是得遠離帝都才行。」

帝都的街道各處都設置名為「捕獵魔女」的裝置。

那是能檢測星靈能源的機械。隸屬軍方的伊思卡一行人雖然能大略掌握裝置的分布位置，但要是讓米司蜜絲行經該處，肯定就會啟動陷阱。

……除了人行道之外，大眾澡堂和超市的入口處也都有。

……光是帝都裡頭就到處都是檢測器了。

他們目前的處理方式，是讓米司蜜絲乖乖待在女生宿舍裡，而購物則是由音音代勞。這樣的狀況要是再持續下去，肯定會有人為此起疑。

「音音我也贊成！畢竟帝都很危險嘛。索性就懷著放長假的心情出個遠門還比較合理呢。只要在大約六十天後回到帝國，應該就不要緊吧。再來就是得想想要去國外哪裡了……嗯～該去哪裡好呢？」

而在聽到音音自問自答後——

「……中立都市如何？」

「不行！」

「否決。」

「阿伊，你在說什麼啦！」

伊思卡隨口給出的提議，遭到在場所有人全力反對。

「伊思卡哥，你難道沒在反省嗎？」

「最近才發生過某人在中立都市遭到下毒，就這麼被拐往涅比利斯皇廳的事件啊。」

「那還真是折騰人呢。」

「……對、對不起啦！我不是抱著那種想法提議的……呃，沒事！」

看到三人側眼瞪著自己，伊思卡連忙擺了擺手。

雖然三人相信那起誘拐伊思卡的事件是「冰禍魔女的蠻橫行徑」；但就只有伊思卡知道，那並非出自愛麗絲所願的行為。

「才、才不是呢！這根本不是本小姐下的命令呀！」

「本小姐完全沒有那個意思，這是燐擅自行動的結果！」

那並不是愛麗絲的意思。

由於愛麗絲曾斥責過隨從燐並叮囑她不得再犯，知悉此事的伊思卡，才會不小心把「中立都市」當成選項說溜了嘴。

……啊，原來如此。不管是陣、音音還是隊長——

……對他們來說，中立都市已經和安全和平的印象相去甚遠了。

自己（伊思卡）要是試圖前往，肯定會遭到阻止。

沒辦法去中立都市了。

換句話說，他也沒辦法和愛麗絲「巧遇」了？

或許只能在這廣闊世界的某個戰場——

以真正意義上的「巧遇」碰見對方了。那究竟會是幾年後的事呢？對於這種等上一輩子也可能無從降臨的偶然，他也只能暗自在內心祈願了。

……不對，我在想什麼啊。

……現在不是胡思亂想的時候，得思考該怎麼幫助隊長才行。

要前往帝都之外。

但中立都市不在選項之中。既然如此——

「剛才米卡艾拉小姐也提過帝國同盟國這個選擇。還有，雖然更遠一點，不過獨立國家似乎也能列入考量。」

「阿伊覺得哪邊好？」

「我選後者。畢竟對現在的我們來說，選擇不是帝國同盟國的地方比較安全。」

所謂的同盟國，是公開表明在軍事方面協助帝國的國家。

雖說他們對於涅比利斯皇廳，還不至於反魔女到發出宣戰布告的程度，但軍需產業已將大量的產能輸送給帝國了。

「若是前往同盟國，司令部是可能透過眼線監視我們的。」

「……說得也是呢。」

在重重嘆了一口氣後──

交抱雙臂的米司蜜絲壓低音量說道：

「果然還是挑個和帝國沒什麼關係的國家比較好呢。當然，也要挑個遠離涅比利斯皇廳的國家。如果說到符合條件、觀光業又發達的國家……」

「好的、好的，音音我會去調查一番的！」

音音立刻舉手自告奮勇。

「上次去過賭場了，這次就去南方的樂園吧！如果是有廣大沙灘和泳池的度假村就更棒了！隊長有什麼需求嗎？」

「人家希望能和大家一起露天烤肉呢。」

「陣哥有需求嗎？」

「我都可以。」

「好喔。那伊思卡哥呢？」

需求是什麼跟什麼啊？

被出言催促的馬尾少女盯著瞧的伊思卡，仰望著天花板稍事思考。

「我也沒什麼需求，但還是儘速安排，趕緊出發吧。」

離開帝都——這是目前的首要事項。

因為對於米司蜜絲這名魔女來說，這「機械運作的理想鄉」已經不再理想了。

＝

時間回到現在——

在帝都的購物中心裡，伊思卡正愣在泳裝專櫃不知所措。

……奇怪，這太奇怪了。

……明明昨天就談得那麼認真嚴肅，為什麼我現在會在這種地方？泳裝專櫃。

而且這裡賣的全是女用泳裝，因此顧客全都是女性。在年輕女性的人群中，伊思卡的存在顯得格外突兀。

就像誤入羊群的狼一樣？

不對，總覺得自己才是被狼群包圍的羔羊？

「伊思卡哥——這裡、這裡！」

聲音從賣場深處傳來。

只見音音將試衣間的掛簾稍稍拉開，將腦袋探了出來。雖說到這裡為止沒什麼問題，但她雪白的肌膚卻從敞開的掛簾縫隙透了出來。

別說外套了，她連上衣都沒穿。

就連纖細的腰肢和肚臍都一覽無遺——

「音音！妳的衣服呢！」

「音音我是來試穿泳裝的，當然就脫掉了呀。欸欸欸，你覺得這件怎麼樣？」

馬尾少女一把拉開掛簾，從試衣間跳了出來。只見她身上穿著露出大片肌膚的綁帶泳裝，顏色則是一整片的紅。

說起來，音音原本屬於身材修長的模特兒身形，但由於久經鍛鍊，因此身上帶有適度的肌肉，呈現出健康的美感。她結實纖細的腰身和大腿的曲線，都帶著目眩神迷的魅力。

「嘻嘻嘻～怎麼樣？這下子可以把伊思卡哥迷得暈頭轉向了吧？」

「……什麼暈頭轉向，妳是在哪裡學會這種奇怪的字眼啊？」

毫無疑問，在這一、兩年間，音音變得比以往成熟許多。

就像是證實了這般變化一般——

伊思卡有一瞬間看得出神，連忙用力甩了甩頭。

不行，這裡是女用泳裝的專櫃。要是凝視女生穿泳裝的樣子，不知會遭到其他女性顧客如何看待。

「……是很可愛啦，但對妳來說是不是太張揚了一點？」

「啊～伊思卡哥也是這麼想的呀？總覺得這種款式太過成熟呢。唔嗯，那就挑這一件吧。不過那一件也很不錯呢……」

「我說音音，要挑泳裝不是不行啦。」

他雖然不想打壞快樂的購物氣氛，但也不能讓情緒過於浮躁。畢竟他們前往度假勝地，並不是為了享樂。

「旅行不過是藉口，我們的目的是逃出帝都啊。米司蜜絲隊長應該也對這一點很清——」

「你在找人家嗎？」

有人從後方戳了戳自己的背部。

他轉過身子一看，只見眼前是抱著一個大型紙袋的米司蜜絲隊長。

「……隊長，您那副墨鏡是怎麼回事？」

「哼哼？什麼叫怎麼回事？我們可是要去放長假喔。人家這種成熟的淑女若要去沙灘散步，墨鏡當然是不可或缺的呀。」

怎麼看都還只是個孩子的稚氣臉龐，配上極不搭調的誇張墨鏡。

她的肩上扛著兒童用泳圈，頭上戴著大頂的遮陽帽──這身打扮的突兀感實在是非同小可。

「感覺就像那種被流行雜誌騙去買衣服來穿的小孩子……」

「才、才沒有這回事呢！」

女隊長一邊這麼說，一邊小心翼翼地抱住雙手托著的紙袋。

「嘿嘿嘿，人家也挑好泳衣了。好期待呀。距離帝國遙遙遠遠、被沙漠環繞的高級度假村……人家一直很想去一次呢！」

「……隊長您開心就好。」

昨天的臉色明明鐵青得像是看到了世界末日一般，但她今天的肌膚從早上開始就閃爍著明亮的光芒，還露出了不帶一絲不安的燦爛笑容。

……聽說音音昨天晚上拿了度假村的導覽手冊給她看。

……然後隊長就整個人興奮了起來。

該不會是在強顏歡笑吧？

看她如此興奮的反應，就連伊思卡都不禁有些懷疑；但米司蜜絲似乎是真的振作起來了。

「阿伊也是第一次去那個叫阿薩米拉的獨立國家吧？」

戴著墨鏡的米司蜜絲隊長，仰望天花板說道：

「帝國遙遠的東方有一座廣大的沙漠，阿薩米拉就是在綠洲地帶建國的喔，聽說整座國家都是觀光勝地呢。既能在日出時分於泳池暢泳，也能躺臥在夜晚的沙漠觀星入眠。啊啊……多麼羅曼蒂克的好地方啊……！」

「預定是在今晚出發對吧？」

「沒錯。阿陣去幫我們預約觀光循環巴士了，只要到定點轉車就行了。」

先從帝都移動到帝國境外。

再來則是前往中立都市換車，以遙遠東方的沙漠為目的地。光是單程就得花上三天的時間，是相當漫長的旅途。

「人家雖然讓阿陣處理訂票事宜了，但他一個人不要緊嗎？申請特別休假的手續好像意外地繁瑣呢。」

「陣一定能把事情辦妥的。」

陣讓伊思卡前去陪伴音音和米司蜜絲購物，自己獨留在帝國基地。

但伊思卡很清楚。

陣之所以自願接下代辦手續的雜務，其實是因為他根本不想陪同隊長等人的泳裝購物行程。

「……陣也太狡猾了吧。」

「伊思卡哥，怎麼了？」

「不，沒事。先別管我了，趕快回去作準備吧。」

伊思卡感受著女店員冷漠的視線，抱著想逃的心情轉過身子。

3

距今一百年前。

帝國坐擁比現代更為強大的軍事力量，稱霸了整個世界。不僅接連併吞其他國家，富庶的程度也來到了前所未有的境界——

然而——

就在某一天，帝國接觸到了「星球的祕密」。

——星球的中核噴出了名為「星靈」的不明能源。

星靈會依附在人類的身上，授予他們宛如童話故事裡的魔法之力。

星靈術的威力甚至凌駕於大型兵器之上。為此感到恐懼的帝國人民，稱寄宿星靈之人為魔人與魔女，並且對他們展開迫害。

於是進入了狩獵魔女的時代——

不過，在帝國長年犯下殘忍蠻橫的暴行後，終於有人挺身相抗。

大魔女涅比利斯舉兵叛亂。據說當時還不到二十歲的少女——涅比利斯，建立了足以和帝國互別苗頭的強大國家「涅比利斯皇廳」。

帝國試圖滅絕魔女和魔人。

而涅比利斯皇廳則是對帝國抱持著熊熊燃燒的復仇之火。

世界兩大國家的對抗，即使來到了一百年後的現代，也依然沒有平息的跡象。

涅比利斯王宮「星之塔」——

耀眼的午後陽光照入房間。

在安靜無聲的辦公用小房間裡，聽不到任何人的腳步聲。

房裡寂靜的程度，彷彿連塵埃飛起的聲響都能聽見。而在這間房裡唯一響起的聲響，就只有金髮少女慌慌張張振筆疾書的唰唰聲。

「…………」

在看過報告書後簽名，接著閱讀下一份報告書，再次簽名。就在處理完約莫二十份的報告書後，少女朝著桌面的邊緣瞧了一眼。

「接下來是上上週的份。」

砰的一聲——

該處隨即補上了如小山高的紙堆。

「好啦，愛麗絲大人，只要處理完這些、上週和本週的份就告一段落囉。」

「不要呀啊啊啊啊啊啊啊！」

愛麗絲不禁從椅子上彈起身子，發出了慘叫。

愛麗絲莉潔．露．涅比利斯九世——她是「魔女樂園」涅比利斯皇廳的第二公主，在國內可說是無人不曉。

美豔的金髮閃爍著淡淡光芒，紅寶石般的眼眸散發著凜然高貴的氣質。

雖然才十七歲，但那早熟的肉體已經勾勒出豐盈的曲線，充滿了雍容華貴之美。而她的身上更是寄宿了不愧對涅比利斯直系血脈的強大星靈。

——呼聲最高的下任女王候選人。

但如今的愛麗絲卻是頹靠在書房的牆壁上，以泫然欲泣的神情喊著：「不要！本小姐不要！」讓這樣的讚譽成為泡影。

「我已經沒力氣了。燐，妳看，本小姐握筆握太久，都長出筆繭了。輔佐女王的工作就到此為止吧？好不好？」

「您不是還有另一隻手能用嗎？這樣就能握筆了。」

「這是在拷問吧！」

「……就先不提這些玩笑話了。我們稍作休息吧。」

愛麗絲的隨從——燐，捧起紙張堆這麼說道。

燐．碧士波茲。

少女將亮茶色的頭髮綁在左右兩側，她的年紀比愛麗絲小一歲，今年十六歲。

雖說身穿樸素的傭人打扮，但她的衣著底下卻是藏滿了匕首、金屬針和鋼索等暗器。

「我說燐呀，本小姐想喝紅茶。幫我多加些牛奶和砂糖進去。」

「小的這就為您準備。」

燐熟門熟路地擺放起備於書房角落的茶具。

愛麗絲則是眺望著她的身影說道：

「……本小姐想來點刺激的事物呢。」

接著再次坐回椅子上。

「本小姐從早到晚都窩在書房（這裡），協助女王（母親大人）的工作，這已經枯燥到讓本小姐想睡了呀。難道就沒有更適合公主身分的工作了嗎？」

「不須拋頭露面的文書工作，同樣也是王室該做的分內事喔。」

「可是——」

「如果您要的是名為刺激的緊張感，那應該在不久前就已經體會夠了吧？」

「…………」

愛麗絲聽出燐的弦外之音，不禁無言以對。

「如此一來，你就完全處於本小姐的監視之下了！」

「呵呵，偶爾體驗這種事也滿好玩的呢。能將敵國的強者繫在自己身邊，總覺得能帶來適量的緊張感（刺激）呢。」

總覺得似乎也有過這樣的互動。

那是擄走帝國兵伊思卡，帶至涅比利斯皇廳時發生的事。說起來，那也只是約十天前所發生的事件。

愛麗絲親自看守了身為俘虜的伊思卡好幾天。

……雖然這樣說可能有失公主的身分。

……但和伊思卡在一起的時候，還真是讓人怦然心動呢。

雖然燐待在身旁，能為她帶來安心感；但換作是伊思卡，就會因為「絕不能對這名劍士有稍加輕忽」的心態，讓她萌生出緊張感和激昂感。

那股興奮之情難以忘懷。

……況且……

……本小姐還是頭一次和年紀相近的男生共寢一室呢。

雖然貴為公主，但愛麗絲還只是個青春年華的少女。

即便對象是敵國士兵，和十來歲的少年一同用餐或是對話，還是會讓她心有所感。

與伊思卡寢食與共的生活，為愛麗絲帶來了從未體驗過的刺激感。

「那種名不見經傳的帝國兵不該待在王族專用的貴賓室，而是該找個狹小的倉庫關起來才是。若是如此，小的也不用擔心他會趁夜對愛麗絲大人伸出狼爪了。」

「燐。」

她語氣緩和地勸誡噘起小嘴的隨從。

「伊思卡不會做這種事的。」

「…………」

「妳應該也知道事實如此吧？」

「……我不否認。」

燐以死心的神情回應。

「那名帝國兵雖是敵人，卻是個通情達理的人類。就算不為他上銬，縱使愛麗絲大人處於就寢期間……他大概也不會出手吧。」

「對吧？燐也很懂嘛。」

在戰場上，伊思卡的戰鬥技巧之強讓愛麗絲為之震顫。

但在戰場之外的地方，他就像是變了一個人似的，不僅穩重溫和，而且身為帝國士兵，也沒有對魔女表現出輕蔑之意，而是展露了有智慧的對應。

「這正是他的優點」。

若對方是野蠻粗暴的帝國士兵，那麼愛麗絲也不會對一介俘虜如此寬宏大量吧。

「本小姐可不是想對帝國兵手下留情，單純是伊思卡這個人比較特別啦。」

「您被他看見裸體的時候，不是驚惶得要命嗎？」

「唔……！又、又沒關係。本小姐的身體又不是見不得人的東西！就算說是本小姐特地秀給他觀看也不為過呢！」

「那是變態才會說的話吧？」

沒打算掩飾嘆息的燐，將盛在茶碟上的紅茶杯端了過來。

「這是奶茶。小的加了略多的砂糖，還請仔細攪拌後再飲用。」

「燐，謝謝妳。」

愛麗絲拿起冒著熱氣的茶杯。

在讓人飄飄然的甜味之中，茶葉的芬芳顯得更為出眾。

「哎呀？真是罕見的口味。這是新買的茶嗎？」

「是的。這是從遙遠的國度進口的茶，產地為遠東的沙漠地帶。」

「沙漠裡種得出紅茶嗎？」

「茶園設置在綠洲地區。該國是有名的觀光勝地，小的聽說這紅茶也是相當昂貴的品種。」

沙漠的綠洲，觀光勝地。

多麼扣人心弦的詞彙啊。

「我說燐，下次休假的時候，我們兩個就去那裡走走吧？既然是觀光勝地，那肯定有很多可玩之處。像是在晨間於泳池暢泳，或是於夜間鋪設毛巾，在觀星的同時緩緩入眠……聽起來就很浪漫吧？」

「按現在的進度表來看，最快也得排到後年才有機會呢。」

「……還真是連一點點夢想都沒有呢。」

聽到這無情的宣告，愛麗絲不禁頹靠在椅背上頭。

此時——

塔外忽然傳來了典禮樂曲的樂聲。

應該是從中庭傳來的吧。由樂團吹奏的小號和金屬管樂，讓輕快雀躍的音色流淌於涅比利斯王宮之中。

不只是城堡而已，想必連繁華的街區都聽得見這段演奏吧。

「這是迎接回城的典禮樂曲呢。從曲目來判斷……」

「應該是伊莉蒂雅姊姊大人吧？」

現任涅比利斯女王有三名女兒，這是用以告知長女歸來的樂曲。

第一公主——長女伊莉蒂雅。

第二公主——次女愛麗絲莉潔。

第三公主——三女希絲蓓爾。

三人都是出生時就寄宿了罕見星靈的星靈使，也是下一任的女王候選人。

血脈相連的三姊妹。

然而，在女王聖別大典上，就連親生姊妹也得無情地爭權奪利，這正是愛麗絲的苦惱之一。

……據說涅比利斯每一任女王都以早早退位而博得清廉的美名。

……母親大人再過多久就會退位？是兩年？還是三年？

等退位後再作爭取就太遲了。

女王聖別大典的爭鬥，早就在檯面下開始較勁了，而姊姊伊莉蒂雅更是其中的佼佼者。她一整年幾乎都在外出遊，極少停留在城內。

其理由是為了「鞏固勢力」。

「伊莉蒂雅大人這次回來得可真早呢。這似乎代表她向有權投下王位贊同票的人們問好的行程相當順利呢。」

「燐。」

她制止了冷嘲熱諷的隨從。

但燐說的是事實。在愛麗絲窩在王宮的這段期間，伊莉蒂雅已經拜訪了涅比利斯皇廳的貴族們，增加自己的支持率。

「伊莉蒂雅大人很快就要入宮了，愛麗絲大人要一同去迎接嗎？」

「……也是呢。雖然興致不高，但畢竟是本小姐的姊姊。」

她拖著沉重的步伐走向書房外頭。

這時——

「啊！」

先一步前往走廊的燐，在開門時輕呼了一聲。難道走廊上除了士兵之外，還有其他人在嗎？

「燐，怎麼啦？難道伊莉蒂雅姊姊大人來了嗎？」

愛麗絲從燐的身後窺探走廊。

映入愛麗絲眼簾的並非花容月貌的第一公主，而是身材嬌小、稚氣未脫的第三公主。

「希絲蓓爾？」

「…………」

她擁有一頭淡粉色的金色長髮，以及惹人憐愛的五官。大大的雙眼反射著陽光，閃爍著宛如寶石般的光輝。

穿在她身上的王袍帶著淡淡的漸層色，讓她散發著如夢似幻的氣質。

然而——

她仰望愛麗絲的視線，卻帶著一層陰影。

那樣的眼神雖說稱不上敵意，但明顯是在警戒自己。

「希絲蓓爾，妳也是來為姊姊大人接風的嗎？」

「…………」

「那可真是湊巧，本小姐和燐也是呢，不如就一起——」

「恕我失禮了。」

冷漠至極的態度。

愛麗絲還來不及作出回應，她便轉過身子，快步從走廊上離去。她並不是前去迎接姊姊，而是朝著自己的房間前進。

「看來是恰巧離開房間呢。」

「是呀，很符合這個妹妹的個性呢……」

就是看在愛麗絲的眼裡，妹妹（希絲蓓爾）也是可愛得宛如一尊人偶。

而妹妹從前的個性也是調皮得與自己不相上下，對萬物抱持著好奇心，甚至能三兩下與人打成一片。

然而究竟是從何時開始的呢？

她開始對姊姊（伊莉蒂雅）感到害怕，也為妹妹（希絲蓓爾）的存在感到毛骨悚然。

……伊莉蒂雅姊姊大人依舊開朗活潑，可以和她聊得十分盡興。

……但最近的希絲蓓爾真的有些讓人不舒服。

不曉得她到底在想些什麼。

她總是窩在自己的房間不曾現身。就是吃飯也幾乎是在房裡吃，只會在女王（母親）邀請時出席餐會，可說是繭居得十分澈底。就算像剛才那般在走廊上偶遇，她也會像是在逃跑般立刻離去。

希絲蓓爾甚至給人「難道她在策劃什麼見不得人的密謀？」的氣息。

「……哎喲，真是的！」

愛麗絲按著頭喊道：

「這樣一點兒也不好。要是除了希絲蓓爾之外，連姊姊大人都回到王宮的話，本小姐可是會疲憊不堪的！好想離開王宮呀！」

愛麗絲也設想過出宮的藉口。

就是協助那名超越的魔人薩林哲逃獄的帝國軍部隊。

使徒聖無名所率領的隱密部隊，究竟是如何突破國境關卡的？關於這點，目前的調查依舊沒有進展。

若是想得更嚴重一點，這或許也代表皇廳裡潛伏著帝國的軍隊。

「如果向母親大人表明我想外出巡邏呢？」

「這可不行。」

「為什麼呀！」

「愛麗絲大人所言甚是，女王大人也對此事很是在意。她擔心本事高強的星靈使過於集中在我國中央州，難以在帝國軍於國境發難時作出對應。」

「……既然如此，讓本小姐出外巡視豈不是合情合理？」

要是冰禍魔女離開宮殿，帝國軍也肯定得提高警戒。如果帝國軍真有侵犯國境的計畫，那這麼做想必也有極佳的牽制效果。

「據說希絲蓓爾大人會出馬。她預計於明日離開王宮。」

「那孩子嗎？」

燐的回應讓愛麗絲以為自己聽錯了。

「是她自行爭取的嗎？」

「據說是女王大人下達的命令，似乎要她前往東方的獨立國家出差的樣子。據我所知，那是得借用希絲蓓爾大人的力量才能解決的狀況。」

「……也是呢，畢竟她的星靈很方便。」

希絲蓓爾．露．涅比利斯九世的星靈為「燈」。

雖說不擅長硬碰硬的戰鬥，但在諜報戰方面，恐怕無人能出其右。

其性能之強大，就連王宮的家臣和士兵們都為之恐懼。

「為此，還請愛麗絲大人留在宮裡看守，直到希絲蓓爾大人歸來為止。」

「…………」

「您的回答呢？」

「……好啦。」

女王的命令不容違抗。

愛麗絲死了這條心，將上身趴在眼前的桌上。

帝國劍士伊思卡——他是否已經回到帝國了呢？現在又在做什麼呢？愛麗絲茫然地思索著這些事。

「……本小姐想來點刺激的事物呀。」

同時這麼輕聲呢喃。

Chapter.2 「樂園與魔女與佯裝不知」

1

獨立國家阿薩米拉——

位於世界大陸東側廣闊的大沙漠之中，因一隅的水源地源源不絕地噴發湧泉而發展得欣欣向榮的國度。

在「不隸屬於帝國和皇廳任何一方」這一點，阿薩米拉與中立都市相同。

不同之處在於——

由於並未宣稱中立，因此隨時都有可能投誠於任何一方。

「根據負面謠言，司令部的幹部一直在檯面下拉攏他們加入帝國，而且還是從數十年前拉攏至今的樣子。」

「但阿薩米拉一直沒有點頭吧？」

「這也怪不了他們，畢竟他們把整個國家都變成了極為發達的觀光勝地啊。」

在陣和伊思卡透過車窗眺望戶外的期間，觀光循環巴士緩緩地停駛。

自從進入阿薩米拉境內後，眾人還是在沙漠中搭了整整一天的車，這才終於抵達了首都的市鎮地帶。

「哇！好厲害！對面那些巨大的建築物，全部都是旅館對吧！」

米司蜜絲隊長歡欣雀躍地喊道。

她將雙掌抵在巴士的車窗上，一副等不及巴士在停車場停好車位的樣子。

「可別衝下車啊，隊長。要等巴士停好才行。」

「嗚……嗚嗚……停快點啦……」

心浮氣躁的她，微微將屁股抬離了椅面。

『讓各位乘客久等了。本車已抵達阿薩米拉市鎮區。』

「人家等好久了！」

車門開啟。

一秒鐘後，米司蜜絲隊長連滾帶爬地衝出車外。她揹著巨大的旅行背包，頭上戴著遮陽帽，可說是全副武裝。

一下巴士後——

「好——熱！」

米司蜜絲隊長站到柏油路上，隨即彈起身子發出慘叫。

「這……這裡怎麼會熱成這樣啊！就是仲夏也沒這麼熱，但這根本像是站在平底鍋上面一樣燙啊！」

「從開著冷氣的巴士下來，當然會覺得熱啦。」

肩膀掛著行李的伊思卡跟著下車。

正如隊長所言，在走出巴士的同時，宛如來自不同世界的熱浪便吹拂起伊思卡的頭髮。汗水在瞬間大量噴出，嘴唇也隨之變得乾裂。

氣溫恐怕接近四十度左右吧。

「哇，陣哥，這裡好厲害，真的是四季皆夏的觀光勝地呢。」

「畢竟位於沙漠的正中央啊。」

「感覺真的……來到了外國呢。長在那邊的是椰子樹呢，看來在氣候不同的地方，生長的植物也大不相同耶。」

音音一臉希罕地眺望周遭。

另一方面，米司蜜絲隊長則是快手快腳地從背包裡翻出某個東西。

「來，阿伊，把這個和這個吹起來。」

「這是什麼？」

「是游泳圈和沙灘球。」

「您也太心急了吧？我們連泳池都還沒到，根本還只是在停車場而已喔！要觀光的話，還請在旅館辦完入住手續、放完行李之後再開始吧！」

「啊！是、是這樣沒錯呢……」

「您立刻就進入了放長假的思維了呢。」

他們離開有數十輛觀光巴士和計程車停泊的停車場，來到大馬路上。

而建於該處的大量豪華飯店隨之映入眼簾。

「你看、你看！阿伊！那是碧波萬頃大飯店、伊斯貝里亞酒店和大光霸集團旅店！每一間都是超級有名的飯店耶！這實在太壯觀了，好像在作夢一樣！」

在椰林大道上，米司蜜絲隊長以輕快的步伐奔跑著。

「看看這四季如夏的風景！我們終於抵達樂園了呢！好了，大家走吧！」

「隊長，在跑步的時候要看前面——」

「啊，好痛！」

「不然會很危險……我原本想提醒您的，看來還是晚了呢……」

米司蜜絲隊長一頭撞上椰子樹。

看到隊長抱頭蹲坐的模樣，伊思卡、陣和音音也不禁面面相覷。

2

沙灘閃爍著光芒。
赤腳踩在沙地上，會傳來動聽的「唰唰」聲響。而仔細一看，便能看見混雜在沙中的貝殼和珊瑚碎片。
波浪時大時小地推至岸邊，為沙灘帶來輕柔的浪潮之聲。
「這也太奢華了吧……」
怎麼看都不像是飯店附設的泳池水準。
不僅從遙遠的海邊運來真正的海沙，還在池底設置了大型機器造出波浪，因此據說也能在這裡進行衝浪活動。
對於攜家帶眷的旅客，也有較小的泳池可供使用。
而年輕的情侶則是在流水池裡游泳，或是躺著享受日光浴。
「啊……這下我總算明白了。」
在觀光客熙來攘往的沙灘一隅，伊思卡獨自點了點頭。

這裡確實是樂園，確實是觀光勝地。

他能明白米司蜜絲隊長如此雀躍的理由了。畢竟看到這幅光景後，就連伊思卡的內心也跟著歡欣起來。

找個游泳池游一陣吧。要在沙灘上漫步也行，速食店也有販售果汁和輕食等各類飲食。

「伊思卡，音音和隊長還沒好嗎？」

「嗯，她們好像還在換衣服。」

「真是的，也太慢了吧。說要緊急著裝的不就是隊長嗎？」

銀髮青年來到了他的身旁。

平時總是穿著帝國戰鬥服的陣，此時也和伊思卡一樣，換上了適合泳池風光，在泳衣上罩了件防曬外套的打扮。

不過——

防曬外套的內層有些鼓脹，想必是藏了「傢伙」在裡面。

「陣，你那個是——」

「是槍。能塞進內袋的只有最小的那把。」

狙擊手一臉嚴肅，以只有身旁人聽得見的音量說道。

在阿薩米拉這個獨立國家，只要能出示身分證明滿足條件，便能攜帶自衛武器入境；只不過僅限殺傷力較低的種類。

儘管如此，進入泳池的時候應該也是禁止攜帶武器才對。

「要是曝光的話，會被抓的……」

「如果快被抓到，我會隨便找個草叢扔掉的。只要能回旅館，我就能把狙擊槍拿出來。」

狙擊手陣的愛槍，目前偽裝成能攜入這個國家狩獵區的獵槍，放置在旅館的房間之中。

「畢竟就連這個國家，也不知何時會爆發『內戰』嘛。」

能聽到陣這句低喃的，應該只有伊思卡而已吧。

要是撞見了魔女，那麼手無寸鐵的帝國士兵，肯定不是能操控強力星靈術魔女的對手。

……肯定會被拐進毫無人煙的地方，遭到單方面的攻擊。

……只要不把事情鬧大，就不會有人發現。

為此，才有必要準備自衛手段。

儘管這裡是樂園，但也有必要為檯面下可能爆發的衝突作好準備。

「哎，不過對策也很單純，就是晚上別走出鬧區就好。就算是魔女（那些傢伙），也不可能在這種顯眼的地方出手。」

「……的確。」

「對我來說，陪那兩人遊玩反而才教人頭疼。」

陣重重地嘆了口氣。

銀髮青年望向泳池入口，只見抱著游泳圈的音音和抱著沙灘球的米司蜜絲隊長正跑過來。

「啊～在這裡、在這裡。找到陣哥和伊思卡哥了！」

「抱歉喔，兩位，人家在吹游泳圈的時候花太多時間了。」

「…………」

「咦？伊思卡哥，怎麼啦？」

「沒、沒事。雖說是理所當然的，但妳們都穿上了泳裝呢。」

在璀璨火辣的陽光底下，兩位女同事展露出自己纖細的四肢——

這也是常夏樂園帶來的影響嗎？走向自己的音音，看起來遠比在帝都購物中心時，更為耀眼奪目。

「嘿嘿嘿，怎麼樣～你這下充分明白了音音我的魅力了嗎？」

她彎下腰，做出了前屈的姿勢。

少女身穿帶有荷葉邊的綁帶款泳裝，使得手腳看起來比平時更為修長；而原以為尺寸略顯收斂的胸臀，也勾勒出凹凸有致的曲線。

伊思卡為之改觀。

這名馬尾少女，似乎是超乎他預期的纖瘦身材。

「伊思卡哥，怎麼樣？」

「就算妳這麼問……呃，我覺得就挺可愛的。」

「對吧、對吧！換陣哥說感想囉？偶爾也可以稱讚音音我呀？」

狙擊手瞥了音音一眼。

「怎樣、怎樣？」

「不是挺好的嘛。」

「哦哦！」

伊思卡拍了拍手，而音音本人也不禁發出驚呼聲。

陣給出了高評價。說起來，陣平時就極少稱讚他人，這也代表音音穿泳裝的模樣真的有足以讓他稱讚的價值。

「嘿嘿嘿，伊思卡哥和陣哥都稱讚我了！」

「啊~音音小妹，妳太狡猾了啦！」

米司蜜絲隊長這時插了進來。她以「快點看人家」的態度站到兩人面前，接著挺起胸膛。

「好啦，阿伊、阿陣，人家的泳裝如何？可愛嗎？」

「……呃，隊長的泳裝確實也很可愛啦。」

那是幼童用的嗎？

泳裝上頭有貓咪的花紋，是以可愛為賣點的款式。

雖然比音音的泳裝款式稚幼許多，但因為米司蜜絲本人就是個嬌小可愛的娃娃臉，就這方面來說，可以說是和本人的氣質十分吻合吧。

然而，眼下卻有一個問題。

「我是覺得這泳裝很可愛啦……可是那個尺寸……好像……」

「尺寸？」

「很多地方藏不住這點，我認為還滿有問題的。」

——那便是抬頭挺胸的米司蜜絲所展露的豐滿雙丘。

遺憾的是，孩童用泳裝的布料，實在沒辦法將那對與嬌小身材十分不相稱的豐盈雙乳徹底遮掩住。

「隊長，這裡擠出來了喔？」

「呀！妳在做什麼呀，音音小妹！」

音音伸出食指，戳了戳擠出泳裝外緣的胸部。

過於豐厚的側胸和胸部下緣，跑出了泳衣布料的範圍外頭，而且在米司蜜絲走動的時候還會上下晃動，實在是太過刺激的光景。

「要是給附近的小孩看到可不好。」

「音音我也知道喔，這種大人被稱之為『恬不知恥』。」

「完全是暴露狂啊。」

「大家都太過分了吧！」

大概是為了遮掩胸部吧，米司蜜絲隊長將游泳圈抱在胸前。

「唔……先、先別管這種小事了，去泳池吧！人家想去那個有人造海浪的泳池！大家要在一百公尺水道游泳比快喔！」

「隊長，妳根本游不了一百公尺吧？」

「不不不，人家也是能用狗爬式游的！人家的泳技可是很厲害的喔！要是只比狗爬式的話，人家有把握可以游出世界紀錄呢！」

她扔下游泳圈，朝泳池直奔而去。

伊思卡、陣和音音則是跟在她身後，於灼熱的沙灘上邁步。

在人造海浪接連打來的游泳池裡——

「哇！真的好鹹！和真正的海水差不多呢！」

音音舔了一下沾在唇上的水沫，發出了可愛的驚叫聲。

「唔唔！不過這似乎不是單純地將食鹽融入水中的樣子。從這多層次的鹽味判斷，難道是用大量的無機鹽調配出來的人造海水……？要不要再舔一口呢……」

「音音小妹，球往妳那邊去了喔！」

「哇！隊、隊長，等我一下！」

音音追起了被米司蜜絲高高彈起的沙灘球。

在球眼看就要碰觸水面的前一刻，音音從水中躍起，靈巧地用腳尖將沙灘球踢向高空。

「啊，音音小妹，用腳太狡猾了啦！」

「嘿嘿嘿，沒人說不能用腳嘛！」

伊思卡用雙手打回墜落的沙灘球，而陣擋下這波攻勢後，球再次飛向米司蜜絲的頭頂上方。

「啊！好像打得太遠了一點。」

「我、我說，阿陣，你要把球打到哪裡去呀！」

「畢竟要是掉下來的話，就是隊長輸了啊。今天晚餐就由隊長請客了。」

「原來是故意的！唔……人家才不會輸給這種壞心的招式！」

女隊長划開水面拚命奔跑。雖說泳池的水深只到成年男性的胸口一帶，但對於嬌小的米司蜜絲來說，則是淹至脖頸的狀態。

一旦沙灘球入水，那就是漏接方判輸。

米司蜜絲在千鈞一髮之際趕到沙灘球的落點處，接著轉身看向陣，露出了勝利的笑容。

「呵呵呵，阿陣，真可惜呀，人家在最後一刻趕上了喔。既然你敢挑戰人家，那就讓你嘗嘗所謂的現世報——」

「隊長，有一波大浪從妳身後打過來囉。」

「呃？唔、呀啊啊啊啊啊啊啊！」

陣的提醒成了一場空，逼近而來的人造大浪吞噬了米司蜜絲，想當然耳也阻卻她打回沙灘球的時機。

「耶——！是隊長輸了！今晚要請我們吃大餐囉！」

音音高舉雙手歡呼。

然而，另一波大浪卻從馬尾少女的身後逼近。

「音音，妳那邊也有大浪——」

「咦？唔、呀啊！好鹹——！」

引以為傲的馬尾被人造海水打溼。

在音音自水中起身時，大量的水沫也從她的頭頂滴落。

「哎喲，真是的，整個頭髮都溼透了……而且連泳衣都被沖歪了。這是綁帶式的，調整起來很費勁耶。」

音音打算重新綁好繫帶。

但就在她動手之前——

繫帶鬆開的泳裝先一步從胸口滑落下來。

「咦……」

泳衣啪的一聲，掉落在水面上。

音音凝視著泳衣，臉孔立即變得通紅起來。

「討厭啦啊啊啊啊！伊思卡哥和陣哥都不要看！不准看！」

「音音小妹，妳是故意的吧？」

「才、才不是呢！是說，音音我才不想被隊長這樣說呢！」

音音以單手遮胸，用另一隻手撿起泳衣。

「隊長，麻煩妳幫我綁……」

「好好好。不過還是先上去一趟吧。」

看來等會兒免不了會招來周遭男性們的視線了。

眾人回到沙灘上。

趁著米司蜜絲在椰子樹的樹蔭底下幫音音重綁泳裝的期間——

「我就趁休息時間來買點飲料吧。」

陣指向遠處的海邊攤販說道。

「記得這裡的特產是椰子汁的樣子。喝那個行嗎？」

「音音我覺得可以喔。」

「那我也要一杯。隊長想喝什麼？」

「嗯──那人家也點一樣的……不對。既然難得放了長假，人家就要像個大人，喝上一杯椰子啤酒！聽說這也是特產呢！」

「妳說啤酒？」

陣狐疑地挑起眉毛。

「哈！隊長妳少來了。對小朋友來說還碰不得的東西，包妳喝上一口就不省人事。」

「人家才不是小朋友！是成熟的大人啦！」

「真是的……我還沒成年所以買不了，隊長要一起來嗎？」

「包在人家身上！因為這樣，阿伊和音音小妹就在樹蔭底下等我們回來吧。」

米司蜜絲隊長拽著陣，意氣風發地在沙灘上邁步而去。

在目送她怎麼看都還只是個小孩子的背影後──

「欸欸欸，伊思卡哥，你有聽過隊長酒量很好的傳聞嗎？」

「不，從沒聽過。她八成是一時興起吧。」

大概是想挑戰平時不會去做的事。

這也代表觀光勝地的氣氛之輕鬆，足以讓她卸下心房。

「音音我一直很擔心隊長會不會鬧得太凶，讓肩上的貼紙剝落呢。要是星紋露出來的話，一般民眾應該也會嚇一大跳吧？」

「說不定呢……」

不只是中立都市和獨立國家，就連與涅比利斯皇廳互為友邦的國家，也有不少國民打從內心為魔女的存在感到恐懼。

據說涅比利斯皇廳的國民來到國外時，大多會隱藏自己的星紋。

……畢竟寄宿了星靈的人類要是動了殺念，可是比持槍的人類還要危險許多。

……一般人會感到害怕也是理所當然的吧。

獨立國家阿薩米拉之所以允許攜帶武器——

是為了在遇上入境的魔女時能有槍枝進行自衛。拜此之賜，伊思卡也能光明正大地將星劍帶入國內。

「音音的人工星紋怎麼樣了？」

「幾乎已經看不見囉。音音我沒有貼貼紙，但應該看不出來吧？」

音音秀出了右手的手臂。

伊思卡凝神觀看，這才勉強看出發出朦朧光芒的圖紋。

「陣哥說他的已經消了喔。看來狀況因人而異呢。」

「代表得慎重處理的只有米司蜜絲隊長的星紋啊。雖說得在這六十天內想個辦法出來……」

圖紋的外觀可以靠貼紙掩飾。

但問題在於星紋釋放出來的星靈能源。就現狀來說，他們沒有隱藏這種能源的手段，肯定會被帝國的檢測器揪出馬腳。

實行期限為六十天。

若是找不著任何隱藏星靈能源的手段，魔女（米司蜜絲）就無法在帝國生活，而這也代表第九〇七部隊將會消滅。

儘管如此——

「雖說我們會持續摸索方案，但還是暫且別和隊長說這件事吧。」

「音音我也覺得這樣比較好。畢竟很久沒看到隊長開心的樣子了。」

靠在椰子樹上的音音露出了純真的笑容。

「再說音音我和伊思卡哥與陣哥一起玩的時候，也感到很開心喔。」

「也是呢。我也感覺很久沒有放個假了。」

在中立都市休息的時候，他總是會想到愛麗絲的事。

就算試圖回想美術館或歌劇的內容，浮現於腦海的總是她的側臉。除了那端正美麗的五官和不服輸的笑容之外，最顯眼的還是那帶著櫻花色的嘴唇——

……我這是在胡思亂想什麼啊？

……我明明是為了把任務以及和皇廳的糾葛通通忘掉，才跑來這個觀光勝地的吧！

這時——

陣抱著三罐果汁回來了。

「陣，你回來啦。奇怪？米司蜜絲隊長呢？」

理當一同前去購買啤酒的隊長，卻沒有一同出現。

「是只有隊長點的飲料慢了嗎？」

「她被抓了。」

銀髮青年的回應實在是過於俐落。

「她被泳池的警衛包圍盤查，說要看她的身分證。」

「陣、陣哥，那是怎麼回事！」

音音逼近到陣的身旁。

「難道隊長的星紋被發現了……！那、那肯定會變成一樁大事……」

「不對，是啤酒的錯。」

「咦？」

「違反未成年不得飲酒的條例。畢竟任誰都不覺得隊長的外觀是個成年人啊。」
「……啊～是這麼回事啊。」
「……音音我也明白了。」
「所以我就說了，那對小朋友來說還是碰不得的東西。」
部隊裡的狙擊手啜飲椰子汁，以傻眼的口吻這麼補上一句。

3

夕陽時分——
伊思卡正從鬧區走向旅館，徐風輕輕地拂過他的臉頰。
「伊思卡哥，總覺得風變得有點冷耶。」
「因為沙漠的夜晚很冷啊。我想入夜後應該會更有寒意吧。」
容易變熱的同時，也容易變冷。
在白天，沙漠的沙子會吸收陽光的熱能，散發出如平底鍋般的熱度；但到了晚上氣溫就會劇烈驟降，冷如冰塊。

不過，鬧區的活力不只沒有冷卻下來，步道反而呈現出更為喧鬧的熱氣。對餐飲店和小酒館來說，接下來的深夜時間才是尖峰時段吧。

「那間餐廳好多人在排隊喔！」

「真不愧是晚餐時間，那家看起來生意很好，我們明天也去吃吃看吧。畢竟米司蜜絲隊長今天已經累壞了呢。」

伊思卡走在音音身旁，扛著一個裝了米司蜜絲泳裝和私人物品的包包。

至於她本人則是——

「陣？米司蜜絲隊長她——」

「還在睡。」

玩到累垮的米司蜜絲隊長正趴在陣的背上，發出了可愛的鼾息聲兀白好眠。

「壓垮她的最後一根稻草是啤酒吧。她喝了一口後，就像是昏厥一般睡死了。」

「隊長果然還是老樣子呢。啊，對了、對了，陣哥，你先把隊長搬回旅館，音音我們會在那邊的超市買晚餐回去的。」

「可別迷路了喔。」

陣揹著嬌小的女隊長邁步而去。

在看到他的身影穿過十字路口後，音音立刻轉過身子。

「伊思卡哥，你、你在這裡稍微等一下，音音我去去就回！」

「咦？我們不是要去超市嗎？」

「…………」

音音無言地伸手，指向位於十字路口旁邊的公共廁所。

「……老、老實說……因為剛才喝了太多果汁……」

「您請吧。」

「音音我去去就回！」

在等待全力衝刺的音音回來的這段期間，伊思卡一個人呆立在十字路口前方。

這麼說來，米司蜜絲隊長曾說過明天想辦海邊烤肉呢。他思考著這些事情，茫然地眺望著紅綠燈的燈號。

「真是的，這座觀光勝地的旅館未免都建得太像了吧。不僅地圖難以辨識，我還和修鈸茲走散了呢！」

少女清脆如鈴的嗓音，這時傳入他的耳裡。

腳步聲從他的身後接近。

「呀啊！」

站在步道上的伊思卡感受到背後傳來衝擊。

只見一名嬌小的少女放開手中的地圖，一屁股坐倒在路面上。

「啊。妳沒事吧？」

「好痛痛痛……是、是我失禮了。我迷了路，剛才又顧著看地圖，才會如此冒失。」

少女握著伊思卡伸出的手站起身子。

她撢落沾在高級洋裝上頭的塵埃後，帶著善意仰起了脖子。在看到她的容貌後——

——「愛麗絲」？

之所以在一瞬間產生這般錯覺，肯定不能說是伊思卡的問題。

少女有著一雙惹人憐愛的大眼，以及帶著鮮豔草莓色的柔亮金髮。帶了點紅暈的臉頰和嘴唇洋溢著活力，看起來宛如一尊嬌貴的人偶。

她的年紀應該在十四、十五歲左右吧。

即使稚氣未脫，那融合了美麗和可愛的標緻美貌，確實與伊思卡認識的冰禍魔女十分相像。

「……………咦？」

「…………『妳是』……」

然而……

伊思卡說不出話，而金髮少女驚愕地瞪大雙眼的真正原因是——

「安靜一點。我這就把妳放出去。」

「爲什麼……你要……讓我逃跑……？」

一年前的魔女逃獄事件。

以伊思卡失去使徒聖的頭銜作為交換，幼小的魔女得以從囹圄脫身。

「而那名魔女就出現在自己的眼前」。

「妳是……那時候的……」

「唔！」

少女的身子微微發顫。

從這樣的反應來看不會有錯，她也還清楚地記得自己。

……我還以為再也沒機會見面了。

……想不到居然會在這種時候、這種地方重逢！

就獨立國家的國情來看，會在這裡相見的機率並不是零。無論是帝國還是皇廳，都有著數十年來持續拉攏這個國家的歷史。

然而，繼愛麗絲之後，居然也和這名年幼的魔女再次相會了。

「…………」

「…………」

兩人直視著彼此的雙眼，一句話也說不出來。

緊張感和驚惶的情緒，醞釀出一片寂靜——

「伊思卡哥，讓你久等了！」

「哇！」

這時，聽到甩著馬尾跑來的音音搭話，讓伊思卡慌張地轉過身來。

「咦？怎麼了？」

「不、不，那個……我、我並不認識她喔？那個……對啦，她是來找我問路，我剛剛在為她解答啦。」

「你在說誰呀？」

「咦？那當然是這位——」

伊思卡這才發現——

原本應該站在自己身旁的少女早已穿過十字路口，像是逃跑般跑向另一側的人行道了。

那頭眩目的金髮，很快就消失在人群之中。

「…………」

「伊思卡哥，你怎麼了？」

「……不，沒事。比起這個，還是去超市買東西比較重要。我們走吧，音音。」

他推著側首不解的音音向前邁步。

在熱氣裊裊的鬧區之中。

伊思卡默默惦記著獨自徘徊在大街上、不知去向的魔女——

Chapter.3　「向星星祈禱的魔女希絲蓓爾」

1

涅比利斯皇廳的第八任女王，名為米拉蓓爾。

而以三女之姿誕生的希絲蓓爾・露・涅比利斯九世，也同樣是受到了始祖血脈庇佑，獲得超常力量的少女。

燈之星靈——

希絲蓓爾能以影像的形式播放範圍三百公尺內，至多二十年前所發生過的任何事件。這是一種干涉時空的能力，就是在眾多星靈之中，也是極為稀少的種類。

「……聽說過女王大人的那個謠言了嗎？」

「據說她沒打算將王位傳給第一公主（伊莉蒂雅）和第三公主（希絲蓓爾），而是屬意第二公主（愛麗絲莉潔）。」

王宮內的各種輕聲細語都逃不過她的耳朵。

她也曾利用透過這能力蒐集而來的情報，揪出帝國派來的間諜。

然後——

「第三公主希絲蓓爾，我命妳遠征獨立國家阿薩米拉。」

涅比利斯宮殿「女王大廳」。

女王的話語聲迴蕩在這個有燦爛陽光照射，並被綠意盎然的觀葉植物和繽紛花朵點綴的神聖空間裡。

——現任女王米拉蓓爾。

雖說她是希絲蓓爾的親生母親，但現在並不是能夾雜私情的場合。

「我接獲報告，據說那座沙漠之國正積極地接收來自帝國的人民。」

「是。」

「獨立國家阿薩米拉與中立都市不同，該國並無宣稱中立……若談妥了條件，有朝一日他們或許會成為帝國的附庸國。」

有可能與皇廳為敵。

而希絲蓓爾便是為了防範未然所派出的探員。

擁有燈之星靈的希絲蓓爾，能將那國家發生的各種密談一字不漏地再現出來。

換句話說，她能竊聽其中的資訊。

「我要交付給妳的任務，便是確認那個國家是否真心想投靠帝國。由於是遠征之故，為防萬一，我派出女王的護衛前去協助吧。」

「您毋須如此擔心。」

希絲蓓爾慎重地拒絕了女王的好意。

不需護衛同行。

若是說得更精確一些，則是希絲蓓爾沒辦法相信皇廳的部下們。

「有貼身侍從（修鉞茲）陪同足矣。我是以觀光客的身分前去，而憑我的力量，是絕對不會讓您有任何掛念的。」

「我明白了。」

從女王的唇瓣流洩而出的，是一聲嘆息。

女王大人早就知道她會如此回應，所以才會表露出這般混雜了不安和死心的情緒吧。看到母親這樣的神情，希絲蓓爾感到心如刀割。

……對不起，母親大人。

……我身懷連對您也說不得的祕密。

「為了守護女王的性命」。

自己（希絲蓓爾）不能對皇廳裡的任何人敞開心房。就連長女伊莉蒂雅和次女愛麗絲莉潔也不例外。

「那麼，女王大人，我會就此離開王城一段時間。」

「任務就拜託妳了。」

希絲蓓爾轉過身子。

——母親大人，在我不在的這段期間，還請您一定要平安無事。

這般充斥心底的真心期盼——

希絲蓓爾並沒有說出口，而是嚥進了喉嚨。

2

起初只是源於單純的好奇心。

希絲蓓爾·露·涅比利斯九世所擁有的燈之星靈，能讓她以影像的形式播放半徑三百公尺內，至多二十年前所發生的各種大小事。

王宮中的密談全都逃不過她的眼睛。

——既然如此，只要前往能力的範圍之外，於遠離王宮之地開口即可。

希絲蓓爾一直在等待。

等待自己散播出去的謊言，能引誘自以為是的人們上鉤。

……別小看我了。

……就讓你們仔細瞧瞧始祖大人直系血脈的力量。

燈之星靈——

能重現希絲蓓爾「半徑三千公尺」，至多「兩百年」內的大小事。

「若是待在這裡，就算是第三公主的星靈也無從察覺。」

得知燈之星靈存在的王族們，雖然為了躲避希絲蓓爾的耳目而躲到王宮外頭，但那些會話也全都被希絲蓓爾所知。

起初只是源於單純的好奇心。

能和人打成一片、對知識充滿好奇心的少女希絲蓓爾，就只是想知道其他人對話的內容為何而已。

然而——

少女（希絲蓓爾）的心靈卻因此崩潰。

等同於全知的星靈（力量）帶給她大量的資訊。

而這些資訊之中，還包含了十五歲的純真少女無法背負的惡貫滿盈之陰謀，以及超越想像的「怪物」之存在。

「那已經不能算是人類了」。

潛藏於涅比利斯皇廳王室的怪物。那玩意兒雖然還戴著人類的假面具，但只要時機到來，肯定就會撕下面具，露出真面目吧。

為了奪走皇廳（國家）和女王而現身。

……女王的性命有危險。

……但要是據實以告，首先會被除掉的就是自己了。

涅比利斯皇廳會就此崩潰吧。

原因並非是敗給帝國軍，而是被狙殺女王之人搞垮。與三大血族——露家、佐亞家和休朵拉家都沒有關聯。

整座王室都會毀於那個怪物之手。

「……希絲蓓爾，妳得鼓起勇氣呀。我是要守護母親大人的。除了我之外，還有誰能守護得了她呢！」

在房間的角落。

希絲蓓爾今天也顫著身子，像是在說服自己似的喃喃自語。

長女伊莉蒂雅辦不到，次女愛麗絲莉潔也不行。

沒有人知曉幕後黑手的身分。

希絲蓓爾確定是「內鬼」的只有一人，但卻不知道皇廳裡究竟還有多少名背叛者。

……其中最危險的，是愛麗絲姊姊大人成為背叛者的狀況。

……愛麗絲姊姊大人只要有那個心，就算是女王也不足為敵……

愛麗絲莉潔的力量，凌駕於現任女王之上。

若是與女王獨處的姊姊發起叛變，恐怕會在短時間內政變成功。

所以希絲蓓爾一直「閉門不出」。

她從不離開皇廳。就是在大姊伊莉蒂雅出遊、二姊愛麗絲莉潔上戰場的這段期間，希絲蓓爾也不曾離開王宮過。

她專心致志地想守護女王——

「只要我在女王的身旁，背叛者們應該也不敢輕率動手才是……」

守護母親，保護皇廳。

這便是希絲蓓爾絕不宣之於口的必死覺悟。

「……可是……」

反鎖自己的房間，持續獨自搜索企圖顛覆國家的背叛者。這股自己不知何時會被盯上的沉重壓力——

對於年僅十五歲的少女來說，實在是太過煎熬了。

「拜託了。難道……就沒有人要成為我的同伴嗎……！」

她以手帕摀嘴，掩飾自己的抽咽聲。

就沒有人嗎？

就算只有一人也好，難道就沒有願意在身旁支持自己的騎士存在嗎……！

燈之星靈的能力雖然強大，但戰鬥力可說是與零無異。唯一能信賴的，就只有從小照顧她到現在的貼身侍從，但他也年老力衰，不適合站上前線。

希絲蓓爾這一方可說是完全沒有戰力可言。

「強大的同伴……究竟在何處呢……」

若想挑戰那頭怪物，以及那怪物率領的背叛者們，就需要強力的部下作為後盾。然而，王宮裡的部下都不可信。既然無法看清背叛者的身分，就不能輕率地找人搭話。

「…………」

她環住了顫抖不已的雙膝。

「……我該……拜託誰好……」

自己沒有同伴。至少在這皇廳之中是如此。

也許是因為這樣的關係。

一年前的那個時候——

她不禁回想起那位協助自己逃獄的帝國士兵。

「就連妳這種星靈反應微弱的女孩子都要通通抓起來打入大牢——我對這樣的作法有點意見。」

使徒聖伊思卡。

雖是天帝的直屬士兵，但他卻解救了以魔女之身遭到逮捕的自己。

……因為我那時隱藏了星靈的力量。

……才會被他看成弱小的魔女嗎？

為什麼要釋放自己？

雖然迄今仍不明白緣由，但她忽然想到了這個問題。即使知道那是掙扎求生之人偶然抓住救命繩一般的癡心妄想，她還是不禁屢屢揣測。

若是他的話——

若是解救了自己的他，說不定願意當自己的同伴。

3

時間回到現在。

在獨立國家阿薩米拉的市鎮地帶——

第三公主希絲蓓爾仰望著眼前的他，甚至忘了呼吸。

「…………」

他有著黑褐色的頭髮，以及不似帝國士兵的和善面容。氣質一如以往，是她一年前遇見的帝國使徒聖伊思卡。

這裡並非帝國的領土。

由於並未身著戰鬥服，希絲蓓爾一度以為他只是容貌相似的不同人。

「『妳是那時候的』……」

「唔！」

聽到他的低語聲，令希絲蓓爾睜大了雙眼。

果然沒錯！

你就是那時的使徒聖呢！

這裡若非公眾場所，她肯定已經扯開嗓子這麼大喊了吧。至於是什麼原因將他帶來這裡，如今已是無關緊要的小事。

一絲光芒。

說不定——不對，自己能仰賴的就只有這名劍士了。因為他不僅是皇廳之外的人物，也是希絲蓓爾唯一認識的男性。

——以毒攻毒。

若想對抗潛伏於皇廳的那頭怪物，用上從皇廳外攜入的毒藥正巧合適。

而帝國最頂級的戰鬥士兵「使徒聖」更是上上之選。

「請、請聽我說！」

由於太過緊張，嘶啞的喉嚨喊不出聲音。

就在她試著從乾涸的嘴裡擠出話音之際——

「伊思卡哥，讓你久等了！」

這時一名陌生的馬尾少女跑了過來。

是帝國劍士（伊思卡）的熟人嗎？所以她也是帝國士兵？

不妙。

「唔！」

希絲蓓爾咬牙背對他，朝著十字路口飛奔而去。

帝國人都是敵人。即使時至今日，這樣的道理也不曾改變。希絲蓓爾想進行交涉的就只有伊思卡一人，她沒打算相信其他的帝國士兵。

……沒必要操之過急。

……使徒聖伊思卡人在這裡。光是明白這一點就是一大收穫了。

「小姐！」

就在希絲蓓爾走過十字路口之際，身穿黑西裝的隨從現身搭話。

那是她的貼身侍從修鈘茲。將摻著白髮的頭髮打理整齊的這名老人，正上氣不接下氣地跑向自己。

「小的找您好久了，還請您別折騰我這身老骨頭。」

「……我找到了。」

「什麼？」

「聽我說，修鈘茲！我終於找到理想的護衛了！」

希絲蓓爾以撲抱之勢，朝著身穿西裝的老者衝去。

就像次女愛麗絲有燐隨侍在側那般，這名老人也是從希絲蓓爾還小時就照顧至今的貼身侍從，亦是希絲蓓爾在皇廳裡唯一投以全面信任的部下。

「哎喲，真是的，到底該從哪裡說起才好……」

興奮之情難以冷卻。

原以為只是一廂情願的癡心妄想，現在卻有機會轉為現實。不對，既已身在咫尺，就說什麼都要使其成真！

「修鈸茲，我有重要的事要和你談談，我們先回旅館吧。」

她握住老紳士的手，隨即跨開大步在鬧區前行。

「等待夜晚降臨……我會成功的。這都是為了我等皇廳。」

下一任的女王會是自己。

希絲蓓爾．露．涅比利斯九世將守護現任女王和皇廳。

4

冰冷的風吹拂著東方的大沙漠。

宛如熊熊燃燒般的夕陽沒入地平線後，夜色帷幕隨即高掛天際。

獨立國家阿薩米拉的鬧區雖然閃爍著刺眼的霓虹燈，但氣氛已不如白天熱鬧。

在大多數觀光客回到旅館，靜靜入睡的時刻——

「哈啾！」

「小姐，小的提醒過您沙漠的夜晚會很冷的。」

「是呀，我有些低估了……」

她點頭同意走在身旁的老人。

雖然為自己只穿著一件旅行用洋裝的打扮感到有些後悔，希絲蓓爾還是沒有停下走在鬧區步道上的步伐。

……我老是窩在王宮溫暖的房間裡。

……上次在這種時間外出，究竟是幾年前的事了？

夜晚的街道有治安方面的疑慮。

由於貼身侍從修鈸茲也是星靈使，因此在自衛方面略有心得，但要是撞上手持槍械的強盜集團，恐怕也會有些應付不來。

……只有在這種時候，會希望我擁有的是同樣強大的星靈呢。

……但我對燈之星靈並沒有不滿就是了。

星靈是與生俱來的。

就算是貴為始祖後裔的王室，出生時所帶有的星靈也是天差地別。特別在適合戰鬥與否這一方面。

而據說歷任的涅比利斯女王，都是以持有「適合戰鬥」星靈之人的呼聲最高。

這是基於帝國軍侵攻時，能執掌指揮星靈部隊同胞的考量。

「老是拘泥於這種陳腔濫調的理由……我會讓這樣的認知澈底翻盤的。」

她在寒風之中握緊拳頭。

在鮮豔的霓虹燈和路燈的照映下，希絲蓓爾在步道上持續前行，終於抵達了曾經來過的那個十字路口。

——也是她與使徒聖伊思卡相遇之處。

「所幸路上人煙稀少。或許是低溫之故，行人都躲進酒館之中了。」

「可別輕忽大意了，修鈸茲。就麻煩你把風了。」

不能被人瞧見。

即使是在非帝國領土的地帶，會恐懼魔女的一般市民還是不在少數。進一步來說，就算自己的力量被他人知曉，也不會帶來任何好處。

「『星星啊，讓我看看你的過去吧』。」

星靈之光綻現。

希絲蓓爾的鎖骨下方——亦即胸口一帶發出的光芒穿透了薄薄的洋裝，照亮了夜晚的虛空。光芒逐漸收斂，宛如投影機一般，在空中映照出一名少年的影像。

「伊思卡哥，你怎麼了？」

「……不，沒事。比起這個，還是去超市買東西比較重要。我們走吧，音音。」

黑褐色頭髮的少年推著馬尾少女的背部，邁步離去。

就連他行走的身姿都忠實重現。能進一步找出追蹤的方向，亦是希絲蓓爾星靈的強處。

「是這一位嗎？」

「沒錯。修鈸茲，我們走。」

他們追著伊思卡行走的影像前進。看在他人眼裡，也只會以為兩人是跟在真正的伊思卡後方移動。

……那個叫音音的少女果然也是帝國士兵嗎？

……不過，伊思卡似乎沒對她說出我的身分呢。

伊思卡和音音在鬧區裡前進。

開心閒聊的兩人走向超市，在購買看似晚餐的餐點後，便再次回到鬧區邁步。

希絲蓓爾原本以為伊思卡會在這段期間說出關於自己的事。

「但他並沒有提到我是魔女的事。看來，一年前的那起事件，果真是他獨斷獨行呢。」

魔女逃獄事件，使他（伊思卡）失去了使徒聖的頭銜。

但若是換個說法——

就代表受到懲處的就只有伊思卡一個人而已。

就算是面對名為音音的少女，他恐怕也不能將一年前的事情隨意宣之於口。

要是她（音音）知道太多魔女逃獄事件的內幕，說不定就會被懷疑是那起事件的共犯。

「是賈姆力克公司旗下的旅館呢。」

兩人循著伊思卡的蹤跡來到旅館。

貼身侍從修鈸茲仰望眼前的巨大旅館，低聲說道：

「賈姆力克是老字號的旅館企業，於世界各地的觀光勝地都有設點，消費客群為一般市民。就評等來說，頂多就是中上等級吧。」

「對於帝國士兵來說，是私人觀光最適合的旅館？」

「是的。他們若是收到帝國司令部的祕密指示前來，應該會選擇評等更為高階的飯店，或是帝國體系的旅館才是。」

但他們沒這麼做。

這代表伊思卡並不是為了執行任務而來到這個國家的。

「對我來說這樣正好。那麼修鈸茲，就按計畫行事吧。」

「小姐，您真的要一個人去嗎？」

「是呀。我想孑然一身地前去交涉。要是帶太多人，只會勾起對方的戒心。」

正因為自己的外表是一名嬌柔瘦弱的少女，才會在這次的交涉上達到加分的效果。若是找個老奸巨猾的男人一同出席，伊思卡想必也會有所懷疑。

……居然在這種深夜時分偷偷闖入異性的房間。

……老實說，我也是害臊到整張臉都快噴出火來了。

她下定決心，走向旅館大廳。

接著透過星靈的重播影像，調查他所前往的旅館房號。同時也確認了進房的就僅有他一個人而已。

抵達旅館四樓後——

她放低腳步聲，在夜闌人靜的走廊上前進。

「就是這裡了呢……」

她將房卡伸向房門的感應器。

這是希絲蓓爾假冒伊思卡的情人，並贈與值櫃員大筆金錢後弄到手的鑰匙。

——門鎖被解開了。

她屏氣凝神地握住門把，緩緩地將門推開。

房裡的走道呈現昏暗的狀態，從底側的客廳已經熄燈這點來看，伊思卡恐怕已經睡著了吧。

……是個好機會呢。

……比起他還醒著、並在我開門的瞬間遭到察覺的狀況還要好上許多。

她一邊摸索，一邊在走道上前進。

就在雙眼開始習慣昏暗的視野時，希絲蓓爾接近了位於房間底側的床鋪。

「那個……呃……」

若是自己主動提起「伊思卡」這個名字，他會不會嚇一跳呢？

該對著還在睡覺的他說些什麼呢？希絲蓓爾講話吞吞吐吐的，就這麼在難以下定決心的心境下，將手伸向床鋪——

「是刺客嗎？」

咦？

為什麼他的聲音會從身後傳來？

在連疑問都還來不及成形的那一剎那，肩膀傳來了強烈的衝擊。希絲蓓爾的視野變得天旋地轉，意識也在瞬間模糊。

「唔！」

待她反應過來的時候，希絲蓓爾已經被壓制在房間的地毯上頭了。

她呈現仰躺的姿態，而對方則是跨坐在自己身上。

「妳是哪邊的人？是皇廳嗎？還是——」

「不、不是的！你誤會了！我沒有任何意圖！」

被跨坐著的身體動彈不得，甚至連脖子都被對方的手壓制住。

希絲蓓爾動起唯一自由的嘴巴，拚了命地大喊出聲。

「我只是來見你的！使徒聖伊思卡，我有事拜託你！」

「……？」

啪——房裡的燈亮了。

在客廳燈泡的照明下，壓制自己的少年身影逐漸浮現。

他穿著和白天一樣的外出服。

雖然時間已經很晚了，但他不僅還沒就寢，似乎連澡都還沒洗。

「唔，妳是……」

「一年沒見了呢。」

伊思卡露出了驚愕不已的神情。

在察覺他稍微放鬆壓制自己的力道後，希絲蓓爾為了掩飾內心的緊張，露出了大大的微笑。

「使徒聖伊思卡，我有事找你商量。」

希絲蓓爾以被壓制在地的姿勢——

對著俯視自己的少年說道：

「能請你和我一起到皇廳走一趟嗎？」

Intermission 「三姊妹」

1

帝都詠梅倫根——

既是帝國的首都，同時也是這世上最為出名的都市。

因為始祖涅比利斯引發叛亂，這裡一度化為一片焦土。但這座鋼鐵之都很快便如不死鳥般再次浴火重生。據說天帝便是以自己的名字為這座都市賜名。

帝都第三管理區。

這裡是帝都最為熱鬧的商業地帶。此時一名巨漢造訪了位於其中一隅的「火藥基地」餐廳。

與其說是一名，不如說是一「幢」巨漢更為恰當。

男子身高超過兩公尺，全身上下都被鼓脹結實的肌肉盔甲覆蓋，其體重遠超過一百公斤。他宛如成功越獄的逃犯般衣衫襤褸，並以兜帽遮住了脖子以上的部位。

——店內悄悄掀起一陣嘈雜聲。

行頭詭異的巨漢沒有理會餐廳客人們的議論紛紛，在從戰戰兢兢的女服務生手中接過塑膠袋後，隨即離開了餐廳。

他來到了公園。

這時日正當中，巨漢沒理會遊玩的孩子們露出了臉頰抽搐的反應，自顧自地在入口相反處的長椅坐下。

「…………」

他默默地從袋子裡取出麵包，張口大嚼。

那是一塊小小的麵包。

相對於那巨大的身軀，這樣的分量實在少過頭。就一般人的理解而言，若想維持那虎背熊腰的肉體，這點麵包肯定遠遠不夠。

然而——

對於使徒聖第九席——「天獄」史塔丘來說，這已經是可攝取能量的「上限」了。

——他的身體會代謝出過多的熱量。

他自飲食獲取的熱量轉換率，是一般人的十倍以上。若是攝取了與一般人相同的食量，他便會獲得「過量」的營養，使得肉體毫無限制地膨脹變大。

——他擁有與生俱來的肌肉增強劑。

完全不需要鍛鍊。

若是讓他進行一般人所謂「強身健體」的鍛鍊，就會因為「鍛鍊過度」而使得肉體自毀。

鯨魚擱淺時會因為自身過重而壓垮自己，而這名男子的肉體也可能會發生相同的現象。

這肉體擁有凌駕於各種藥物的肌肉生長作用，堪稱是強悍無比。

「史塔丘老弟，你在做暌違已久的日光浴啊？」

在巨漢進食之際——

從長椅後方開口搭話的，是留著鬍子的壯年男子。

他有著與巨漢恰成對比的纖瘦身體，看起來宛若枯枝。在他那似乎被風一吹就會斷折的肩膀上頭，罩著一件研究員風格的白色大衣。

「對於時隔兩個月後回到地面曬到的陽光，你有什麼感想？」

「……好刺眼。」

那充滿魄力的嗓音彷彿能震撼大地。

「……還有就是太熱了。」

「這種抱怨該對你自己的肉體說啊。但這倒也不壞，畢竟能在那座宛如冷凍庫一般的寒冷『監獄』之中，還只穿這麼一件薄衫就能挺過去的，大概也只有老弟你了。」

天獄——

將帝國捉到的魔女和魔人拴住的地下監獄。而這座監獄的守門人，便是這位史塔丘。

「你……」

「嗯？我怎麼了？」

「你不會是偶然在散步時經過這裡的。找我有什麼事？」

使徒聖第十席——卡隆索・牛頓爵士，同時也身兼研究室長。

設於帝都第三管理區的兵器開發局裡，他以最不健康的研究員之名為人所知。

「沒什麼，就只是來找你閒聊的。」

「…………」

「我要聊的是純血種魔女的話題，而且還是涅比利斯女王的女兒。這樣高貴的公主似乎離開國家，獨自前往了遠方的樣子。」

「她就一個人？」

「只有一個貼身侍從跟著。既然沒帶護衛，那就和獨自離國無異。」

研究室長也在史塔丘就座的長椅上坐下。

「那是要送交給帝國（我們）的意思。」

「…………」

「順帶一提，這份情報是從皇廳裡傳來的。雖然我對告密者的身分很好奇，但卻被八大使徒含混帶過了。他們認為我既然都是使徒聖了，就該靠自己的手段找出答案。」

「……很符合他們的作風。」

「作風云云姑且不論，若要活捉那名魔女，還得下點功夫啊。」

消瘦男子像是在上臺演戲似的，以誇張的動作嘆了口氣。

「她的所在地有些不太方便啊。那裡是名為阿薩米拉的沙漠觀光勝地。若不是有這種機會，我等恐怕一輩子都去不了那邊一趟。而司令部目前對於出兵該國一事抱持反對意見。」

「那裡不是附庸國嗎？」

「至少也用『同盟國』稱呼啊……不巧的是，那裡是完全獨立的國家。」

表面上獨立，但實質受到帝國支配的國家稱之為「附庸國」。

至於維持獨立，而且在立場上也維持對等關係的國家則稱為「同盟國」。

而根據帝國的官方定調，目前不存在所謂的附庸國。帝國的目的是殲滅魔女，淨化世界。是以所有國家都是協同作戰的關係，並無上下之分。

然而——

天獄的看門人（史塔丘）剛才所說的，正是帝國方的真心話。

「朝這裡出兵的話會很麻煩。萬一把事情鬧大的話，在善後方面會相當棘手。」

若是讓觀光勝地遭受戰火波及，那肯定會受到世界各國的非難。

換作是百年前的強盛帝國，應該會不計風險地出兵進擊吧；但如今的他們並不想給涅比利斯皇廳可趁之機。

「就一般狀況來說，這個任務會由第八席（無名）接下，但那個男人目前正在執行皇廳的入侵任務。既然如此，不如派出捕獲兵器如何？就是那玩意兒啊——你負責控管的天獄裡面，應該也配備了幾臺測試機吧？」

「……『魔女獵手』是吧。」

「我想和你借來用用。畢竟那個兵器查不出是帝國製造的，就算被一些民眾目擊，也有的是辦法自圓其說。對於這次的活捉作戰來說，是再合適不過了。」

「這份人情可不便宜啊。」

「就讓我欠著吧。」

研究員一臉滿意地點點頭。

「純血種是吧？能抓到什麼樣的魔女呢？這真是讓人期待。」

2

在一百年之前。

涅比利斯一世——其身分乃是始祖涅比利斯的雙胞胎妹妹。她代替了嘔心瀝血對抗帝國軍的姊姊統御星靈使，打造了皇廳。

而繼承了第一任血脈之人，便是三大家族。

露家、佐亞家，以及休朵拉家。

帝國以「純血種」稱之並特別提防的，便是與這三大家族有關之人。

「可悲……這是何等可悲之事啊。」

男子的話聲迴蕩在走廊上頭。

戴著假面的黑衣男子，以演戲般的誇張動作抬頭仰天。

「露家、佐亞家與休朵拉家。明明坐擁如此強大的家族，在對付帝國一事上，為何不能萬眾一心呢？我們明明都是繼承了偉大的始祖大人，以及第一任大人意志的同志啊。」

涅比利斯王宮「月之塔」。

這裡距離現任女王和愛麗絲等露家王族所居住的「星之塔」有超過兩百公尺的距離，在穿過長長的空橋後，才能抵達這處佐亞家的領域。

而在月之塔的大廳。

「星（露）之塔、月（佐亞）之塔與太陽（休朵拉）之塔。各家族繭居在自己的塔裡，除了公務之外從不進行任何交流，實在是太過可悲了……不過。」

假面卿——昂。

他是佐亞家的成員之一。毫無疑問是純血種的這名男子，以輕佻的口吻繼續說道：

「明明現狀如此，卻只有妳總是不會忘了禮數呢。」

「您歡迎我的到來嗎？」

「這是自然。」

假面卿露出看似譏諷、亦似歡欣的笑臉回應，向對方點了點頭。

來者是造訪月之塔的一名公主。

「這可是身為露家長女的妳大駕光臨，我自會誠摯歡迎。」

「這可真教人開心。」

女子有著大波浪捲的長髮，舉世無雙的美麗金髮帶著翡翠色的色澤。

她不僅比次女愛麗絲還要高上一個拳頭，還有比愛麗絲更為豐滿成熟的雙峰。穿在她身上的王袍彷彿隨時都會被一把撐破，足見其魄力之強。

而那沉穩的微笑之中，也能感受到舉重若輕的成熟風範。

若說愛麗絲還走在從少女成長為淑女的道路上，那這名公主肯定就是其中一種淑女的完成型態吧。

「好久不見了，小伊莉蒂雅。我聽說妳昨天剛結束遠征歸來呢。」

「昂卿，好久不見了。」

伊莉蒂雅・露・涅比利斯九世。

在露家三姊妹位居長女的這名淑女，輕巧地提起裙襬行了一禮。

她今年剛好滿二十歲。她不僅有高貴的氣質和美貌，這位王位繼承人在女王聖別大典之中，呼聲據說也與次女愛麗絲同樣雄厚。

——若是說得難聽一點。

——那就是企圖搶下下任女王大位的佐亞家最大的眼中釘。

而現在——

經過了離開王城半年的遠征後，會覺得她的韻味更為增色的，恐怕不止假面卿一個人吧。

「我是為了見您，才特地快馬加鞭趕回來的呢。」

「真教人開心啊。但妳那出色的美貌，似乎會讓年輕人們迷得暈頭轉向呢。既然妳難得來訪，不如就在會客室好好聊聊吧？」

這不是單純的客套話。

在走廊上來回的佐亞家傭人們都不禁停下腳步，凝視伊莉蒂雅那誘人的肢體和美貌。

不只是年輕男子，就連年輕的女傭也為之屏息，足見其美貌之妖豔。

「跟我來吧。」

「謝謝您。對了，那位與您感情很好的琪辛小姐呢？我也很久沒和她見面了，一直想跟她打個招呼呢。」

「遺憾的是，她怕生的個性還沒改過來呢。真是教人頭疼的孩子。」

琪辛‧佐亞‧涅比利斯。

佐亞家的祕密武器目前仍在進行調整，如今還處於精神不穩定的狀態，尚無法出來見人。

但話說回來，就算精神處於穩定狀態，他也不打算將琪辛秀給露家打量。

在前往會客室後——

「就由我張羅飲品吧。妳想喝咖啡呢，還是紅茶？」

「請給我水。」

「水？妳的喜好變了嗎？」

「是遠征累積下來的疲憊呢。」

伊莉蒂雅抵著臉頰，以有些害臊的神情露出苦笑。

「在前往各大都市進行問候的過程中，我品嘗了許多當地的紅茶和咖啡。而在回國之後，我便想念起味道清淡的飲品了。」

「原來如此。那麼，就照她的吩咐準備吧。」

同席的隨從恭敬地點頭致意，隨後離開房間。

在聽到房門上鎖的聲響後——

「對了，我很想聽聽妳在遠征時的各種見聞呢。」

假面卿隔著桌子，在伊莉蒂雅對面的沙發上入座。

「妳這次旅行的時間比以往都還要久呢。差不多有半年都不在國內，女王應該也為此感到操心吧？」

「我已經習以為常了。況且，這也是身為公主得扛起責任執行的工作。」

對於所有星靈使來說，始祖的血統是憧憬的存在。

一旦第一公主伊莉蒂雅登門造訪，居住在涅比利斯皇廳邊境的所有居民肯定都會傾巢而出，為她接風洗塵吧。

——而她也能藉此提升自己在女王聖別大典裡的支持率。

無論國內外，支持伊莉蒂雅的有力人士都呈現與日俱增的趨勢——這已是佐亞家和休朵拉家眾所周知的事實。

「結果似乎挺不賴的？」

「是的。這一回的遠征，讓我更進一步地體會了邊境人民所懷抱的不安為何。就算中央州安全無虞，其他各州也擔憂著被帝國襲擊的那一天到來。」

「……嗯，畢竟也發生了超越的魔人（薩林哲）的那起事件。」

「聽到協助薩林哲逃獄的是帝國軍方時，我還以為自己聽錯了呢。對於帝國軍有能耐闖越我國國境一事，大家都感到惴惴不安呢。」

伊莉蒂雅一臉憂心地搖了搖頭。

實在是「一目了然的演技」。

假面卿打算詢問的問題，乃是「（為了女王聖別大典招兵買馬的結果）似乎挺不賴的？」

伊莉蒂雅不可能沒聽出這段話的弦外之音。

換作是次女愛麗絲莉潔，想必會氣呼呼地表示：「本小姐並不是出於這種理由而去遠征的！」但這位長女卻能面不改色地接下話語，並帶到另一個話題上頭。

「…………」

「哎呀，您是怎麼了，為何笑得如此開心？」

「不不不，我只是在想換成小愛麗絲的話，會怎麼回覆我剛才的問題罷了。」

「哎呀，假面卿，您這麼在意那孩子嗎？」

如此答腔的伊莉蒂雅，也露出了不輸給假面卿的深沉笑容。

「這可真是湊巧呢。您剛才也提到過，始祖傳承下來的三大家族，為何不能齊心協力地對抗帝國對吧？」

「是啊，正是如此。」

若是三大家族能對彼此推心置腹聯手進攻帝國，要讓帝國再次陷入火海也並非痴人說夢。

——然而，這會造成難以計數的死傷。

現任女王所率領的露家想避免這樣的結果。她們在與帝國的交戰中堅守本國，並致力減少同志——也就是星靈部隊的犧牲。

另一方面，佐亞家則是主戰派。

他們抱持著「就算付出再多犧牲，也要將帝國摧毀殆盡」的戰鬥思想。

至於第三家休朵拉家，則是遊走於二者之間。他們雖然在露家和佐亞家的王位繼承戰中討不到便宜，但都能放低身段服侍當代女王。

「我也是這麼認為的。就算不提女王聖別大典也是如此。」

「哦？」

那是什麼意思？

在假面卿開口詢問之前，伊莉蒂雅伸手攏了一下呈大波浪捲的金髮。

「我有事情想和您好好商量。」

這也難怪。若不是有什麼需要交涉的要事，露家公主根本沒必要特地前來造訪佐亞家。

「您願意聽我說嗎？」

「這是當然。妳都特地上門了，若不嫌棄的話，就讓我幫妳一把吧。」

「哎呀，我好開心。那麼——」

有著翡翠色頭髮的公主維持坐姿，將上身向前一探。

那動作彷彿是要刻意露出豐滿的胸部誘惑對方似的。但理所當然地，即使伊莉蒂雅這樣的美人當前，假面男子也是不動聲色。

「我就開門見山地問了。我國檯面下有著與帝國串通之人，您可知曉此事？」

「我姑且認為有這樣的可能性，目前正打算揪出那人的狐狸尾巴——」

「『是我的妹妹們喔』。」

雍容華貴的微笑。

在聽到公主融入了妖豔氣息所說出的這句話後——

「……妳說什麼？」

假面卿難得地語氣一僵。

那是極為純粹的驚愕。

「小伊莉蒂雅——」

「容我重新複述一次。想與帝國接洽的，是我的兩個妹妹，也就是次女愛麗絲和三女希絲蓓爾喔。」

露家的公主將手擱在桌上。

抬起眼眸盯著假面男子。

「目前僅止於『有所接觸』的階段，還不代表她們會成為帝國的走狗。不過，她們恐怕會在近期之內背叛我方吧。」

「……此話當真？」

「我以我的王位繼承權發誓。」

「…………」

假面卿所篩選出的「可疑嫌犯」名單上頭，並沒有露家兩名公主的名字。

「不過，妳是怎麼知道的？身在王宮外頭的妳，消息應該沒那麼靈通才是吧？」

「哎呀，您可真壞。這當然是我的祕密了。」

毫不拖泥帶水地。

公主抵著美豔的臉頰，以足以驅散眼下緊張感的純真語氣回道。

「我可是有花上好幾年仔細鞏固的地盤，可不能這麼輕易地告訴您呀。」

「……原來如此，是我太不識趣了。」

假面底下露出了苦笑。

若是在這種節骨眼上得意洋洋地揭露底牌，那可就有失公主的身分了。這樣的表現，才稱得上是與佐亞家對立的露家長女伊莉蒂雅。

若沒有這點本事，在女王聖別大典上也只會慘敗而歸吧。

「那麼，我有什麼能幫妳的嗎？」

「是呀。首先，我得說說心裡話。老實說，我真的為此感到十分苦惱。沒想到那兩個孩子居然企圖背叛女王……」

美麗公主的唇瓣，流洩出難受的嘆息。

她閉上眼睛，垂首說道：

「心愛的妹妹們居然打算胡作非為……若是正常狀況，矯正這般過錯是我身為姊姊的義務。然而，我對她們還是懷有感情的。」

「…………」

「在緊要關頭下，我可能沒辦法作出正確的判斷，所以想仰賴您的協助。」

「原來如此，我明白了。」

他誇張地點頭說道：

「看來有必要找個人代替妳，前去查探那兩人的去向呢。」

「……難堪的是，確實如您所言。」

伊莉蒂雅悲傷地垂首回應。

隱藏在視線死角底下的臉龐，究竟是呈現著慟哭的神情呢？

亦或是惡魔的微笑？

——伊莉蒂雅所說的「露家和佐亞家齊心協力」。

——指的就是伊莉蒂雅和假面卿共謀。

女王聖別大典即將到來。

對伊莉蒂雅來說，身為她親妹妹的第二公主（愛麗絲莉潔）和第三公主（希絲蓓爾）都是眼中釘。

對假面卿來說，這也是將露家三姊妹的其中兩人踢出女王聖別大典的大好機會。為此，雙方的利益是一致的。

「小伊莉蒂雅，真虧妳能忍耐那麼久呢。妳肯定很煎熬吧？」

假面卿握住了低頭不語的伊莉蒂雅的手。

「抬起臉來，接下來的事情就交給我吧。」

「……那麼……」

「我會把妳的話當真的。畢竟我也才剛收到小希絲蓓爾出國的消息，就讓我親自追在她身後，釐清事件的真相吧。」

「謝謝您的協助。」

公主抬起臉龐，睜開了紅腫的眼睛。

是在假哭嗎？

還是真的為兩個妹妹感到不捨？

雖然看不出真心為何，但都不會對佐亞家的行動造成妨礙。

「就讓我們攜手合作吧，這都是為了殲滅帝國。為此，我們必須親手揪出與帝國聲息相通之人才行。」

「是的。我的妹妹們就勞您關照了。」

＝＝＝

就在同一時間——

涅比利斯王宮「星之塔」。

這是以現任女王為首的露家所居住的塔。在個人房裡，愛麗絲正精疲力竭地猛喘著氣，癱躺在沙發上頭。

「本小姐要累死了……」

她的臉龐蒼白得嚇人。

別說是動一根手指了，如今就連呼吸都成了一大苦差事。

「……嗚嗚，居然每天都得過著如此煎熬的日子。」

眼淚差點就要飆出眼眶了。

從早到晚都得為了「公主的本分」去做些瑣碎的雜事。這些工作內容不僅無趣，也沒有絲毫成就感。自己為什麼得置身於如此痛苦的生活之中呢？

「本小姐是不是別幹公主算了……」

「明早五點要在女王謁見大廳開問候會，成員為人臣和外國賓客，總計二十名。還請記得為所有人的問候語打好草稿。」

「燐，妳難道沒血沒淚嗎！」

「您在胡說些什麼呀？為了慰勞愛麗絲大人，小的可正在為您按摩背部和肩膀呀。」

愛麗絲趴臥在沙發上頭。

而燐則是跨坐在她身上，正在為肩腰等部位進行細心的按摩。

「嗚嗚……為什麼年芳十七的公主卻要為肩頸痛所苦呢……」

「這是職業病呢。」

隨從持續為愛麗絲按摩。

「結束後請洗個長澡，好好休息吧。」

「……也是呢。」

「畢竟明天四點就要起床了呢。」

「沒必要提起這件事吧！」

愛麗絲摀住雙耳，做出了「我不聽」的反應。

本小姐決定了，明天說什麼都要放假。為了不讓燐進來叫人，得趁晚上把房間的窗戶和門全部冰凍起來……

接著——

鏗啷一聲。

這時輕快的門鈴聲發出聲響。

都這麼晚了，會是誰來了？就在愛麗絲還來不及想更多之前，門外傳來的說話聲讓她連忙從沙發上跳起身子。

「愛麗絲。」

「母、『母親大人』？燐，快、快去開門！」

「小、小的這就去！」

燐迅速打開房門。

米拉蓓爾・露・涅比利斯八世。

身披淺紫色王袍的女王——這位貴為愛麗絲生母的女性，在沒有護衛陪同的狀態下，獨自站在房間門口處。

「女王大人，您、您為何會在這種時間大駕光臨？」

「我有點私事要辦。愛麗絲，跟我來。」

女王招了招手。

這應該是要她走出房間的意思吧。

「母親大人，怎麼了嗎？」

「我有兩件事要和妳聊聊。」

女王壓低音量說道：

「一件是要通知妳的事，另一件是要和妳商量的事。妳想先聽哪一個？」

「————」

愛麗絲悄悄地對燐使了個眼色。

她有不好的預感。女王用這種方式說話的時候，大多是為了讓傾聽方作好心理準備。

……看來不是好消息呢。

……畢竟她特地挑在這種夜半時分掩人耳目地來訪。

「請從母親大人講起來方便的事項開始吧。」

「那就先說通知吧。愛麗絲，這和妳在第十三州（厄卡托茲）逮捕的魔人（薩林哲）有關。」

「……和那個男人有關？」

超越的魔人薩林哲。

擁有奪取他人星靈這般極其凶惡的「水鏡」星靈的男子。

三十年前，他曾被年輕的米拉蓓爾女王生擒，但卻爆發了某人協助他逃獄的事件。

那是距今才僅僅十天的事情。

「妳能在那名男子剛逃出監獄塔就防範未然，確實是立下一件大功……而燐也在過程中十分努力。」

「您、您過獎了！」

雖然燐端正姿勢作出回應，但話聲中卻欠缺些許力道。畢竟燐在那起事件之中，其實是被拯救的那一方。

「——只有這次。」

「我就幫妳一把吧。那個白頭髮的就是愛麗絲的敵人對吧？」

要是沒有伊思卡，她們肯定沒辦法攔下魔人吧。就算聰明如女王，肯定作夢也想不到那起事件有帝國士兵插手。

「那麼，母親大人，這件事怎麼了？」

對愛麗絲來說，那是一起已然解決的案件。

魔人薩林哲從監獄塔頂摔落，並被獄卒們壓制逮住。獄卒們趁著天還沒亮，便將薩林哲移送到其他監獄塔，再次將他打入大牢。

「『那似乎只是個替身』。」

女王這句話——

「母親大人，您那句話是什麼意思？」

「收容那個男人的監獄塔，剛才傳來了聯絡。說是獄卒們關押的僅是由星靈術製作的精緻人偶罷了。」

「這、這是真的嗎！」

燐不禁高聲喊道：

「我和伊思卡……不對，愛麗絲大人明明拚了命才擊敗他的，難道獄卒們中了他的計，就這麼放跑他了嗎？」

「那名魔人便是如此居心叵測，怪罪獄卒的話未免過於嚴厲。」

女王沉重地嘆了口氣。

平時總是表現得堅毅凜然的她，實在讓人難以想像會有這樣的舉止。

「眼下正在搜索他的下落。妳們兩個也要銘記在心，那名男子下次現身之處，說不定就是王宮（這裡）了。」

「女兒會牢牢記住的。」

但若和薩林哲交換立場的話，愛麗絲反而不會立刻對王宮出手。

……對他來說，被伊思卡擊敗一事肯定出乎意料之外。

……即便強如魔人，那一戰的敗北肯定也足以挫掉他的銳氣。

戒心想必會大幅提升吧。

就算意圖攻入王宮，必然也會等候良機。

「母親大人，您說另一件要商量的事，難道也與薩林哲有關嗎？」

「不，與他無關，是我們家的家務事。希望妳能跟我來一趟。燐的話……也是呢，妳也一起來吧。」

涅比利斯八世以視線瞥了走廊遠處一眼後，隨即瀟灑地邁步前行。

愛麗絲對燐頷首示意後，隨即追在母親的身後。

「母親大人，我們要去哪裡？」

「妳對這個應該也有印象吧？」

女王轉過身子，攤開掌心裡的東西。那是一把製作複雜且精雕細琢的水晶鑰匙。

雖然與愛麗絲的房間鑰匙造型相似，但她的鑰匙是以另一種寶石打造的。

「是希絲蓓爾大人的房間鑰匙呢。」

燐先一步開口說道。

「小的記得希絲蓓爾大人，應該已於前大早晨離開我國了才是。」

「沒錯，所以鑰匙就寄放在我這裡了。」

女王在走廊上前行。一如鑰匙象徵的意思，女王所前往的地方是希絲蓓爾的個人房——「鏡之室」。

在房間的門口處——

「愛麗絲，妳覺得希絲蓓爾(那孩子)最近的表現如何？」

「咦？」

這過於唐突的詢問，讓愛麗絲一時語塞。

希絲蓓爾成天關在房裡不曾外出，就算偶然在走廊上相遇，她也像是逃跑似的撇開視線，迅速離去。

……若是說真心話，那就是最近的希絲蓓爾確實有點怪裡怪氣的。

……不止形跡可疑，對人也相當冷漠。

她也知道不該對自己的親妹妹抱持這種感想，而愛麗絲也對私下道人長短一事感到抗拒。

正因為如此——

「妳不覺得她有點可疑嗎？」

「……唔！」

母親的話語讓愛麗絲感到難以置信。

站在身旁的燐也對女王的臉龐投以驚愕的視線。

「我身為女王，會希望愛麗絲和希絲蓓爾都擁有不辱王室名分的高尚品格。然而，我同時也是妳們的母親。」

女王驀地看似害臊地輕聲一笑。

站在她們面前的，只是一名為母親與女王——為立場不能兩全一事感到苦惱的女子。

「現在的希絲蓓爾普遍不受家臣們的信任，想必也難以在女王聖別大典之中勝出吧。這固然是無可厚非之事，但我身為母親，還是有將女兒教育得獨當一面的義務。」

「……所以您才要去她的房間？」

「是呀。我想確認她每天關在房裡，究竟是在做些什麼事。」

以母親身分的確認。

之所以帶上愛麗絲同行，是想讓她以姊姊的立場參與此事吧。

「女王大人，伊莉蒂雅大人呢？」

「她不在自己的房間裡。要是大陣仗地走進希絲蓓爾的房間，也未免過於小題大作，所以就我們幾個進去吧。畢竟我們不是上門搜查的。」

她將水晶鑰匙插入鎖孔。

這把鑰匙無法仿製。由技術精妙的工匠所打造的這把精製品，是開啟這扇門扉的唯一鑰匙。

——開鎖。

女王親自推開房門，打開電燈。

……本小姐雖然討厭這種類似偷窺的行為。

……但在這種狀況下也沒辦法了，畢竟是母親大人的提議呀。

她跟著女王走進客廳。

堪比高級酒店貴賓室的豪華擺設，可以說與愛麗絲的個人房如出一轍。硬要說有所不同的地方，大概是在客廳角落和沙發上頭都放著大型布偶這一點吧。

希絲蓓爾目前十五歲，在今年內會滿十六歲。

雖然和今年將滿十八歲的愛麗絲差了兩歲，但都到了十五歲的年紀，卻依然如此看重這些玩偶，以王室之女的身分來說，可說是略顯幼稚的嗜好。

「真是乾淨的房間呢……」

燐環視客廳，壓低了音量對女王開口說：

「似乎沒看到什麼不妥之物呢。」

「她說不定已經預測到女王（我）會來巡視房間，所以將可疑的東西先處理掉了……無論如何，最好還是能找到些蛛絲馬跡，藉以考察她平時在房裡的作為。」

女王嘆了口氣。

隨即走向浴室兼盥洗間。

「我們分頭看看吧。愛麗絲、燐，妳們去臥房。」

「好的，母親大人。」

調查妹妹的寢室，實在教人提不起幹勁。

不過希絲蓓爾的床舖一帶，卻是整潔得讓愛麗絲愣了一拍。

不僅床單沒有一絲皺折，置放在床舖附近的物品也只有一個小小的水壺和杯子而已。

「比愛麗絲大人的床舖更整潔呢。」

「燐，講話的時候要考慮一下場合和狀況喔？還有，本小姐的床舖也很整齊。」

但與此同時，房裡也飄散著平淡無味的氛圍。

換作是愛麗絲的話，她總會在睡前挪些時間讀書。她會將喜歡的書帶上床，享受在閱讀的過程中逐漸步入夢鄉的樂趣。

「對了，如果是本小姐，就會把東西藏在枕頭底下，以免被母親大人找到…………哎呀？」

隨著一陣堅硬的觸感。

愛麗絲滑入枕頭底下的指尖，碰到了某個物品。

是書本嗎？就觸感來看，應該是厚度偏薄的雜誌。

愛麗絲一鼓作氣地將枕頭底下的物品抽出後，隨即明白自己臉上的血色瞬間褪了下來。

這本發售於一年前的八卦雜誌刊載的是——

「史上最年少的『使徒聖』伊思卡——」

「由於協助魔女逃獄，以叛國罪將之逮捕，並下達了無期徒刑的判決。」

這可不是用「有印象」三個字就能一筆帶過的資訊。

「怎麼會……」

過去愛麗絲曾對燐下達命令，取得了同一本八卦雜誌——那是為了查明伊思卡這名帝國士兵的真實身分。

……太奇怪了。為什麼希絲蓓爾會有同一本八卦雜誌？

……而且還如此慎重地藏在枕頭底下？

身旁的燐臉上表情也是為之一僵。

這本八卦雜誌所代表的意思，肯定就是希絲蓓爾也調查過曾任使徒聖的伊思卡。

那麼，她是出自什麼目的去調查的？

「難道說，本小姐和伊思卡在中立都市相遇一事被她看見了？她的星靈確實有可能辦到這種事呀！」

第二公主愛麗絲莉潔與帝國士兵伊思卡有所接觸。

當然，兩人的相遇完全是出於偶然，但已經足以作為負面醜聞的題材。在最糟糕的情況下，愛麗絲說不定會被逐出女王聖別大典的名單之外……

「燐，本小姐該怎麼辦！」

「噓！愛麗絲大人，請冷靜一下。」

燐伸手指向浴室。

女王目前還待在裡面，絕對不能讓她聽到兩人的交談內容。

「希絲蓓爾大人肯定無從得知愛麗絲大人和帝國士兵的互動。因為希絲蓓爾大人的星靈，僅能映照出半徑三百公尺內的現象而已。」

即使不去測量，也能明白皇廳和中立都市之間有好幾百公尺的距離。

要目擊兩人相遇的「瞬間」，可能性可說是趨近於零。這既是燐的見解，愛麗絲的理性也對這點相當清楚。

但即便如此，她也無法對眼前的狀況感到樂觀。

「……那麼，她是偷聽到我和燐的對話了？」

「確實有這個可能。」

在中立都市艾茵與他一同用餐、一同欣賞歌劇的情景，並沒有遭受目擊。

若要說會被目擊的情況，那就是愛麗絲和燐待在皇廳的時候了。兩人在談論和伊思卡有關的話題時，確實有可能勾起了希絲蓓爾的注意。

「應該要盡快防範於未然呢……」

隨從壓低聲音說道：

「小的猜測希絲蓓爾大人已經心生懷疑，認為愛麗絲大人有通敵帝國之嫌。」

「這、這可不是開玩笑的！」

愛麗絲坐在希絲蓓爾的床舖上頭。

「本小姐確實和伊思卡打過照面，但那是在戰場上以敵人的身分認識的呀。要是傳出本小姐投靠帝國的醜聞，那可是不是鬧著玩的！」

「是的。但若換個想法，這或許是個好機會。希絲蓓爾大人如今並不在皇廳之中。」

「……妳的意思是？」

「女王大人！」

燐對著浴室大聲吶喊道：

「女王大人，我們在臥房裡也沒找到能判別希絲蓓爾大人動向的線索。為此，小的在此獻上一計。」

「……燐，妳有什麼意見？」

「希望您能准許愛麗絲大人進行遠征。」

女王從浴室走進寢室。

而燐則是單膝跪地，垂首應答。

「小的希望您能准許愛麗絲大人即刻出發，前往希絲蓓爾大人的遠征之地。」

「派愛麗絲去嗎？」

女王的視線，以及燐別有意圖的目光。

這兩道視線集中在愛麗絲身上。

「是的。希絲蓓爾大人前往了遙遠的異國之邦，由於她無法像平時那般藺居在自己房裡，因此就算做出可疑之舉，也無從遮掩。」

「妳刻意要我派出愛麗絲的理由是？」

「因為兩位是親姊妹。」

「…………」

「就算希絲蓓爾大人真的有些許難以告人的祕密，她想必也難以對部下啟齒吧？就算是再親近的部下，終究也只是局外人。為此，讓身為家人的愛麗絲大人出馬才是最佳良策。」

女王米拉蓓爾不能離開王宮。

長女伊莉蒂雅也才剛結束漫長的旅程，若是立刻再次下達遠征命令，也未免過於殘酷。以刪除法來看，就只剩下愛麗絲這個人選了。

「小的還有另一個考量。聽說希絲蓓爾大人目前沒有護衛隨行。」

「嗯，這部分已經交給貼身侍從（修鈸茲）處理了。」

「若是愛麗絲大人，也應該能在事有萬一之際守護希絲蓓爾大人。」

「……不過，燐，行蹤不明的魔人又該怎麼辦？」

女王的眼裡閃爍著憂慮之情。

「那名男子肯定仍潛伏在我國境內。倘若他襲擊王宮的話，愛麗絲會是極佳的對抗戰力。也得思考在這種局面下派出愛麗絲的風險呢。」

「魔人已然負傷。」

隨從的話語沒有絲毫遲滯。

「那絕非寥寥數日就能痊癒的傷勢。在愛麗絲大人離開王宮的這段期間，那廝絕無可能進攻此地。」

「…………」

「女王大人。」

「我明白了。」

稍許過後，涅比利斯八世輕輕嘆了一聲。雖然不願，但沒有其他可行的方案——她的心境想必是呈現這樣的狀態吧。

「那就採納妳的計策吧。愛麗絲，我允許妳外出。」

「好的，母親大人。」

燐，妳真是足智多謀呢！

愛麗絲看著依然單膝跪地的隨從，在內心大聲叫好。

如此一來，就獲得了追蹤妹妹的藉口。之後就能在遠離王宮的地方，於四下無人的狀況和希絲蓓爾單獨對話。

……沒錯，希絲蓓爾一定是誤會了。

……她肯定是搞錯了我和伊思卡之間的關係。

說什麼都不能讓她認定涅比利斯皇廳的公主和帝國士兵有所來往，她得現在立刻追上去說明清楚才行。

「母親大人，您不用擔心，女兒會在四天後回來的。」

來回需要三天的路程。

之後就花上一整天的時間，把希絲蓓爾說服得服服貼貼吧。這回可不會讓她像平時那樣掉頭就跑。就算她想逃，愛麗絲也會拎著她的脖子展開對話的。

「燐，立刻作好遠征的準備！」

愛麗絲輕輕甩動王袍的裙襬，離開了希絲蓓爾的個人房。

……希絲蓓爾。

……妳現在在哪裡，在做些什麼事呢？

愛麗絲邁步離去，腦中想的盡是這些問題。

Chapter.4 「第九〇七部隊」

1

獨立國家阿薩米拉——

這座被沙漠環繞的觀光勝地如今被夜幕包覆，進入了多數居民已然入睡的時刻。

「一年不見了呢，使徒聖伊思卡。」

在旅館四樓的客房裡。

入侵伊思卡房間的金髮少女，即便呈仰躺的姿勢被壓制在地，仍以沉穩的語氣這麼說道。

「你還記得我嗎？」

「……妳是……」

其實在白天的時候，她就已經留給伊思卡更為鮮明的印象了。

當時，眾人正帶著在泳池玩到精疲力竭的米司蜜絲隊長返回旅館；而眼前的入侵者，明顯就是在十字路口處一頭撞上伊思卡的少女。

然而——

兩人首次相遇是在一年前。

「我和你是互爲敵對的立場呀。」

「明明立場如此，你卻要放我逃跑？這到底是什麼意思？」

「……當時待在牢裡的女孩子……？」

「我名為希絲蓓爾。若你願意記住的話，便是我的榮幸。」

仰躺在地的少女嫣然一笑。

伊思卡從沒想過，這名一年前以魔女身分身陷囹圄的少女，竟然會出落得如此亭亭玉立。

……畢竟她當時的頭髮和衣服都相當邋遢。

……而且她的年紀明明比我還小，卻還硬是要裝出成熟的口吻對話。

和如今的她判若兩人。

少女杏眼圓睜，以充斥著好奇心的視線抬眼看向伊思卡，而她的面容也相當可愛。

不僅披散在地、帶草莓色的金色長髮散發著柔亮的光澤，就連她身上穿的也是看似樸素，實則用了上等質料的洋裝。

……怎麼看都不是泛泛之輩的她，為什麼要潛入我的房間？

……備用鑰匙應該沒那麼好弄到手才對。說起來，我也沒洩漏過自己的房號。

思路接連轉了幾圈，卻理不出一個頭緒。

就在伊思卡煩惱該怎麼起頭的時候——

「我為深夜時分闖入房間一事向你謝罪……不過……那個……」

仰躺在地的少女——

臉頰微微發紅的她，將抬頭仰望伊思卡的視線別了開來。

「我……不怎麼習慣被這樣對待……」

「咦？」

「……你若是願意從我身上離開，我會很開心的。」

壓制體格纖弱的少女，跨坐在對方身上。

伊思卡終於察覺自己的所作所為，連忙彈起身子。

「啊，抱、抱歉……！不過妳誤會了，我以為會趁夜開鎖潛入房間的，只有竊賊而已——」

「不……沒關係的……因為是我有錯在先。」

金髮少女紅著臉龐坐起身子。

她撢了撢衣服上頭的塵埃，在稍稍使了個眼色後，來到沙發上坐了下來。這一連串的動作可說是行雲流水，她所體現的「美」令伊思卡看得目不轉睛。

高貴而典雅。

若不是從出生起就嚴格地接受禮儀指導的王公貴族，是不可能把這些動作表現得如此自然而優雅的。

……這麼說來，愛麗絲也一樣啊。

……一起待在旅館的時候，她的一舉一動都很好看呢。

就連他自己也覺得不可思議。

這位自稱希絲蓓爾的少女，無論是長相還是言行舉止，都會讓自己不禁回想起愛麗絲。

「我可以稱你為伊思卡嗎？」

伊思卡回過神來。

只見看似嬌弱的少女，正凝視著愣著不動的伊思卡。對於她的詢問，伊思卡沉默地點點頭。

「伊思卡，我在兩件事上表現得禮數不周，在此向你致歉。其中一件是拿了備用鑰匙闖入你的房間，但更重要的是……」

在隔了一拍的呼吸後——

「那時，從監牢脫身的魔女（我），竟連一句感謝的話語都沒有對帝國士兵（你）說。雖然是我未盡禮數……但當時我非常害怕那是個圈套。害怕將我帶離監獄的行為，乃是帝國精心策劃的陷阱。」

「這也是理所當然的。畢竟我自己也明白那麼做很亂來。」

站在客廳裡的伊思卡頷首回應。

——他不打算坐在沙發上。

因為目前還不曉得魔女（希絲蓓爾）的能力為何。若是在就座的情況下，近在眼前的對手忽然以星靈術發難，那就算強如伊思卡，也沒把握能躲過這樣的襲擊。

自己營救過的魔女。

既然對方尚未打算站在己方陣線，那就有可能冷不防地發起襲擊。

「請容我以此致謝。」

那是鑲著藍色水晶的一條手鍊。

金髮魔女將手鍊從左手解下，行禮如儀地遞到伊思卡面前。

「這是半世紀前的寶石巨匠比爾多雷．莫菲斯的晚年之作。雖說以珠寶而言亦是價值連城，但在藝術史上更是具備了更高的價值。不管找上哪一間珠寶店兜售，肯定都能賣出不亞於一棟豪宅的價碼——」

「妳、妳等一下！」

看到遞到面前的手鍊，伊思卡發出了近乎慘叫的喊聲。

「這是什麼意思……」

「這即是你幫助我的謝禮。」

魔女依然以雙手捧著手鍊。

而伊思卡則是伸出手，將那雙與日曬無緣的白皙手掌推了回去。

「我不能收。」

「為什麼呢？」

「我不是出於這種目的而幫妳逃獄的。若是真的覬覦謝禮，我就不會那麼做了。反正已經失去的使徒聖之位，是沒辦法用錢買回來的。」

「………」

少女的嘴角抽搐了一下。

「我在那起事件之後，就成了司令部眼中的麻煩人物。倘若我在這時收了妳的東西，日後肯定會被視為和皇廳互通聲息的危險分子。」

「這我早已明白。」

「咦？」

「我之所以來到這裡，便是為了招攬你加入皇廳。」

希絲蓓爾露出誠摯的眼神站起身子。

她按住了自己的胸口。

「我花了整整一年的時間，調查了你的來歷。原為天帝直屬士兵的你犯下魔女逃獄事件的消息，甚至傳到了周遭的中立都市裡頭呢。」

「……所以妳連我的名字都查到了？」

「是的。」

少女露出溫柔的微笑回應。

「失去了使徒聖頭銜的你，如今說是墜至谷底想必也不為過。因此，這次輪到我來報答你了。我可以保證，你將獲得遠比先前更進一步的地位和名譽。皇廳將誠摯歡迎你的到來。」

「…………」

「我也能為你擔保身分和人身安全的部分。即使你是帝國出身，我也絕不會讓你的生活起居有所不便。」

似曾相識的話語。

在紅沙飛舞的荒野裡，冰禍魔女（愛麗絲莉潔）曾說過——

「你就當本小姐的部下吧。」

「我可以確保你的立場，你就當個來自帝國的流亡之人吧。」

和公主愛麗絲同樣的提議。

難道說，眼前的她（希絲蓓爾）也擁有同等級的權力嗎？然而，權力匹敵一國公主之人，理當不是這麼容易碰見的。

「妳……」

「請說。」

「妳究竟是什麼人？」

難道是和愛麗絲有關之人？

這句已經衝到喉頭的話語，被伊思卡握緊拳頭吞了回去。和愛麗絲有關的提問乃是禁忌，若是隨意脫口而出，肯定會被人懷疑自己和愛麗絲之間的關係。

……要是被司令部抓到馬腳的話。

……我這次說不定真的會被就地處決。

「妳說，妳會為我準備等同於使徒聖的頭銜，但這種身分絕對不是能輕易授予的吧？」

「我有那個權力。」

少女以有力的嗓聲說道。

「我是王室……『成員的隨從』。」

「是側近的意思？」

「是的。我是侍奉王室相關成員之身，這次的行動也已事前獲得了吾主的許可。」

王室的使者。

換句話說，她背後有女王本人，抑或是地位相近之人作為靠山。所以她才有權力提出和愛麗絲相同的提案啊。

「你是否能夠理解呢？」

「……為什麼挑上我？」

伊思卡看向雙頰染上紅暈的希絲蓓爾。

然後大大地吞了一口口水。

「我不打算否定妳那『與王室成員有關』的身分，因為那應該就是事實吧。不過，若妳真是權高位重之身，那應該有大量的部下才是。」

「唔！」

少女的肩膀重重一顫。

「就連涅比利斯的星靈部隊，恐怕也得聽從妳的號令行事。就連身為帝國士兵的我，也曉得王室成員總會有護衛陪同。」

「…………」

「之所以邀我加入皇廳，單純是因為妳想要帝國這一方的戰力嗎？」

陰影——

嬌憐少女的眼裡，滲出了悲愴的決心。

這看起來不像是被伊思卡說到痛處而一時詞窮。少女唇瓣微顫、咬緊下唇的模樣，看起來就像是在強忍淚水——

「…………因為……我……」

過了不久——

金髮魔女以細若蚊鳴的沙啞嗓聲如此說道：

「我沒有部下。因為我無法相信任何人……」

「咦？」

「此時此刻，我無法對你揭露太多事情。然而……皇廳這個國家，並不如世界各國所認定得那麼團結一致。」

「……妳雖然這麼說，但連一個部下都沒有？這是不是未免有點……」

再怎麼說也太誇張了吧？

雖然不至於認為她是在說謊，但至少伊思卡認識的公主（愛麗絲）並沒有這方面的困擾。

「『我信不過任何人』！」

少女的喊聲迴蕩在客廳之中。

希絲蓓爾來到了伊思卡的面前，二話不說地握住伊思卡的手。

「我無法相信皇廳，因此只能拜託帝國人（你）了……我需要能力足以擔當部下職責、願意守護我的戰士！」

「…………」

「若非狀況如此迫切，我也不會孑然一身地前來造訪帝國人……因為如此弱小的魔女……居然要面對身為敵人的帝國士兵，甚至還是如同使徒聖　般的恐怖對手……你可知道我敢像這樣獨自前來，究竟是鼓起了多大的勇氣嗎……！」

這句話說到後半，已經變得泣不成聲。

尖銳的嗓聲中混雜著抽泣聲。

「就是在闖入你房間的時候，我也很擔心會不會被誤會為竊賊而遭受槍擊，我是真的很害怕……畢竟我和母親大人不同，擁有的星靈並不強——」

母親大人？

眼前的少女驚覺到伊思卡於沉默中冒出的疑問。她似乎終於察覺自己處於感情用事的狀態。

「…………對不起，我有些失態了呢。」

她呼出了脆弱的嘆息。

魔女依依不捨地放開了伊思卡的手。

「我可真是窩囊，居然對著想寄託的對象扯開嗓門……這下可沒資格交涉了呢。但請你別誤會，我是因為非常想得到你的助力，情緒才會亢奮起來……」

「──」

「我還會再來的。今天能見到你，真的是太好了……」

名為希絲蓓爾的少女調轉腳跟。

這一連串的動作顯得極為洗鍊。她踏著優雅而高貴的步伐，輕甩著淡金色的頭髮，離開了伊思卡的房間。

房門傳出了自動上鎖的「喀嚓」聲響。

從門外傳來的腳步聲逐漸遠去，最後終於再也聽不見了。

「這到底是怎麼一回事啊……」

剩伊思卡一人徒留在現場。

他錯愕地嘆了口氣。明明造訪了遠離帝國和皇廳的沙漠國度，但在這裡相遇的，卻是自己在一年前協助逃獄的少女。

……這是巧合嗎？不過，這有些古怪。

……她連我的房號都知道。這到底是從何得知的？

是不是該為防萬一換個房間？

就算不換房間，也該徹查房裡有沒有被安裝竊聽器吧。就在他這麼想，並環視客廳時——

「啊！」

他的視線停在她所坐過的沙發上。

「被擺了一道啊……」

以水晶製作的手鍊正發出蒼藍色的光芒。

伊思卡雖然一度將手鍊退了回去，但原本繫在希絲蓓爾手腕上的這條珠寶飾品，卻在她離去之後堂而皇之地被留在沙發上頭。

——我可還沒有放棄。

這是她留下的訊息。

伊思卡拾起被她擱下的珠寶飾品。在澈底檢查過沒有被安裝竊聽器後，他茫然地仰望房頂。

「她……到底是什麼人啊……？」

＝

鬧區裡閃爍著霓虹燈。

而在足以凍骨的沙漠夜風吹拂的大街上，希絲蓓爾正專心致志地向前奔跑著。

「……看妳……看妳做的好事！希絲蓓爾！」

她找出了帝國士兵伊思卡的住宿處，順利潛入了對方的房間，終於達成了與對方面對面進行交涉的目標。

然而，她在這之後的表現卻是──

「一點都不像我的作風……」

上次把話說得如此氣急敗壞，已經不知是幾年前的事了。

希絲蓓爾不曾對母親抱怨過一字一句。就她的記憶所及，自己只有在小時候對貼身侍從修鈸茲頤指氣使，讓對方大傷腦筋過。

「這真是天大的失態。我明明已經多次模擬過對答的內容了……」

接觸前任使徒聖伊思卡。

在沉穩地進行交涉這方面，希絲蓓爾其實還是小有自信的。即使看似嬌弱，她也是從小就看著能言善道的母親身影長大。

該露出什麼樣的笑容，該如何拿捏語氣。

該怎麼解除他的戒心萌生善意，並誘使對手加入己方，她對這些技巧都有十足的把握。若要說有什麼出乎意料的部分，那肯定就是──

「名為伊思卡的少年太過溫柔了」。

她從未想過伊思卡竟然能如此心平氣和地接受自己的存在。

「……你若是願意從我身上離開，我會很開心的。」

「啊，抱、抱歉……！」

她從未想過——

明明是希絲蓓爾擅闖房間，但天底下恐怕找不到第二個會對這樣的闖入者道歉的房主了吧。

對話時，希絲蓓爾也察覺到了。

伊思卡講話的口氣，實在不像是個恐懼魔女的帝國子民。

他視自己為一個平等的人類。

正因如此。

這般過於溫柔的態度，讓希絲蓓爾提心吊膽的內心一口氣放鬆下來。

如果是他的話——

說不定就能道出潛藏在心底的真心話。就算一時衝動大聲吶喊，請求對方協助，他也會伸出援手。

想到這裡的瞬間，希絲蓓爾登時忘了當下的狀況，扯開嗓子高聲吶喊。

「……真是天大的失態。」

皇廳第三公主緊抿下唇，再次這麼說道。

她從懷裡掏出通訊機。

『小姐？』

「修鈸茲，是我……嗯……沒錯。就是這樣，我今天晚上和他打過照面了。」

她向在投宿旅館待命的貼身侍從說道：

「還有下一次。我會挑個時機，再一次與他接觸。沒錯，此事不可心急，說什麼都得成功。我是不會死心的。」

這攸關女王的性命。

畢竟，為了從潛伏於涅比利斯王室的「那個怪物」手中守護女王，她說什麼都需要實力強大的同伴。

2

太陽自沙漠的地平線升起。

原本冷冽如冰的沙子吸收了朝陽的熱量，讓獨立國家阿薩米拉的氣溫在轉瞬間變得酷熱。

人們不禁汗如雨下，而沙漠的熱風則在一瞬間將汗水蒸發──

「烤──肉──囉──！」

米司蜜絲以絲毫不輸給熱風的氣勢，讓興奮不已的吶喊聲響徹四周。

這裡是距離旅館不遠的露營區。這座設施的人氣不亞於昨日造訪的泳池，從一大早就被觀光客擠得水泄不通。

「啊啊，真是太幸福了，居然剛起床就可以吃烤肉吃到飽耶！反觀在帝都的時候，人家早上連烤麵包的時間都沒有，只能吃罐頭食品果腹呢……」

隊長的右手握著冰冰涼涼的罐裝果汁。

在承受沙漠熱風的同時喝下果汁，滋味想必是格外甘醇吧。

「人家好幸福……」

「隊長，有時間自得其樂的話，不如過來幫忙啊。」

陣正在看守爐火。

至於音音則是在他身旁切著蔬菜，伊思卡則是將肉切成小塊。

「那人家就來幫你們烤肉吧！」

「啊，不行啦，隊長。得先從不容易熟的蔬菜開始烤。來，拿去！」

「怎麼這樣——」

嬌小的女隊長被音音塞了滿滿一盤的蔬菜，消沉地垂下肩膀。

伊思卡側眼看著她的身影——

「…………」

並將目光集中在露營區熙來攘往的人潮之中。絕大多數的觀光客都是攜家帶眷，不然就是情侶或是老夫老妻。

而無論他再怎麼尋找，都沒能從人群裡找出昨晚遇見的希絲蓓爾。

……畢竟才剛過一個晚上。

……我原本還以為她會偷偷跟到露營區來，這還真是有些意外。

該向三人傳達她的事嗎？

伊思卡花了整整一晚思考這件事。若要說開口與否分別有什麼優缺點——

優點在於，有皇廳的星靈使找上門的消息，可以激發三人的危機意識。

至於缺點，則是若要說明希絲蓓爾的來歷，就說什麼都得詳述一年前魔女越獄事件的真相。

經過一整晚的深思熟慮，伊思卡的結論是——「暫且」不說。

……要開口並不難，隨時都能說。

……但只要開了口，就無法回頭。

一旦共享了魔女越獄事件的真相，三名同伴就可能會被視為該起事件的共犯。只要八大使徒或是司令部一時興起，整支小隊都可能被押入大牢。

更何況，這裡可是獨立國家。

包含伊思卡在內的所有成員，早在行前就知道皇廳的星靈使可能會基於某些理由入境，也為防萬一作好了備戰的準備。就算不在這時提起希絲蓓爾的事，三人也作好了會遇到星靈使的心理準備。

「呵呵～原來如此。阿伊！人家看穿你的心思了！」

「唔哇！」

只見女隊長露出壞笑，走到了自己身旁探出頭。

難道內心的想法真的被她看穿了？

米司蜜絲隊長那意味深長的笑容，讓伊思卡不禁向後一退。

「您、您看穿了什麼事？」

「阿伊，你從剛才就一直盯著這個對吧？鏘鏘──是烤得熱呼呼的熱狗喔！人家還幫你灑好特調香料了！快吃吧！」

「…………」

「咦？怎麼了？」

「……不，我原本惦記著一些事，但看來是我多想了。」

米司蜜絲隊長沒留心伊思卡的回應，將盛在盤子上熱騰騰的熱狗遞了過來。

「好啦，阿伊，就麻煩你嘗嘗味道了。」

「讓我試味道真的好嗎？隊長，您不是一直很期待吃烤肉嗎？」

「沒關係啦，因為這是超辣熱狗呀。」

「嗄？」

「有破綻！」

米司蜜絲對準了伊思卡愕然張開的嘴巴，強行將熱狗塞了進去。

下一瞬間，一道電擊在伊思卡的嘴裡迸散開來。他才咬了一口，舌頭隨即傳來了陣陣劇痛。

「～～～好、好辣！應該說好痛？」

「伊思卡哥！水，快喝水！」

雖然用了音音拿來的冷水漱口，但嘴裡還殘留著宛如燙傷一般的痛楚。

「哦哦！真不愧是沙漠地區的特產香料。『只要吃上一口，舌頭就會像是被雷打到一樣變得又紅又腫』——這樣的傳聞看來是真的呢。」

「請別拿部下（我）來證實傳聞好嗎！」

「啊哈哈。阿伊吃的熱狗灑的還只是X級辣度的特產香料，所以人家覺得應該不會有事嘛。好了，如此這般，大家看這裡！」

架在火爐上頭的烤肉架，平放著四根熱狗。

已經烤得熟透的熱狗正散發著誘人的香氣，然而——

「其實這裡面混了一根特製熱狗喔，而且辣度還是XX級的呢！裡面放的香料分量，是阿伊剛才吃過的整整兩倍之多！這就是會辣出人命的奪命輪盤！」

伊思卡、陣和音音面面相覷。

就只有發起人米司蜜絲隊長雙眼炯炯有神。

「還有！中獎的那一位還得接受另一項殘酷的懲罰喔。那就是得一個人吃光這餐烤肉的全部蔬菜！」

「……這才是隊長您的目的啊？」

「……說穿了就是妳不想吃蔬菜吧？」

「……欸，隊長，只吃肉的話對身體不好喔？」

「大家都誤會了啦！人家也是真的很想大啖蔬菜呀！但是為了炒熱氣氛，就得安排懲罰節目才行。人家也是千百個不願意呀！」

雖然她的表情確實顯得很不甘心——

但終究還是藏不住話聲中的雀躍之情。

「那就再追加一項例外規則吧。如果真的吃到了超辣熱狗，但沒人能看得出來的話，就不用受罰了。」

「妳的意思是，能面不改色地吃光的話就算安全過關嗎？」

陣喝著加了冰塊的果汁問道：

「那伊思卡，我問你，就現實層面來說，那是能強忍下來的辣度嗎？」

「不可能。」

伊思卡斬釘截鐵地搖搖頭。

「那玩意兒辣得像是在嘴裡引爆了炸彈一樣。」

「我知道了。不過隊長，我醜話先說在前頭。如果妳不幸中獎的話，那在吃光蔬菜之前，我可不准妳碰任何一片肉喔。」

「呵呵，這才是人家要提醒你的呢。那麼，比賽開始！」

四人各從烤肉架上拿起了一根熱狗，一鼓作氣地塞進嘴裡。

……這根熱狗——

……一點也不辣，是普通的口味。中獎的不是我！

剩下三人。

音音極為謹慎地輕輕咬了熱狗一口，米司蜜絲隊長則是用力塞進了嘴裡。

至於陣已經把一整根吃得精光了。

「奇、奇怪？是誰中獎了？」

米司蜜絲隊長眨了眨雙眼。

「嫌犯肯定是音音小妹！」

「才、才不是呢！米司蜜絲隊長才可疑吧？說音音我是犯人也太不自然了！」

「畢竟也不是人家呀。不過阿伊和阿陣看起來都一派輕鬆耶……」

「音音我明白了，是隊長忘了把超辣熱狗放進去了。大家肯定都是吃到了原味熱狗吧？」

「嗯……是、是這樣嗎……」

就在音音和米司蜜絲歪頭不解的時候，她們的身旁——

「犯人（中獎人）是我。」

陣居然大大方方地坦白了。

「因為我沒被揭穿就吃光了，所以遊戲就繼續下去吧。」

「不會吧！居然是阿陣？」

「好厲害——！欸欸欸，陣哥是怎麼辦到的？」

「是冰塊。」

銀髮狙擊手握緊了裝了冰塊的果汁瓶。

「我讓冰塊降低了口腔的溫度，麻痺了舌頭的功能，就能在短時間內嘗不出任何味道了。」

「阿陣太狡猾了吧！」

「我只是湊巧在開始之前喝了果汁，這還不構成……………咳咳……！這、這是在開玩笑吧？即使如此，我也還能……咳咳……！」

「陣哥！」

「……這個辣度還真不是蓋的。都把嘴巴冰過一輪了，居然還辣成這樣……」

就連素來冷靜的陣也漲紅了臉。

伊思卡和音音看到此情此景澈底明白，這絕對不是能耐得住的辣度。

「總之，我可是忍下來了，所以繼續吧。」

「唔唔……那、那麼，人家會讓你在下一輪沒辦法故計重施的！」

女隊長從冰桶裡繼續取出熱狗。在爐火的直接炙烤下，熱狗散發了讓人食指大動的香氣。

「超辣熱狗——辣度XXX！這是明令不准十五歲以下的小朋友食用的終極傑作！就算阿陣道高一尺，也抵擋不過這玩意兒的辣度喔！」

「隊、隊長，這不會出事嗎……？」

「人家才不想吃蔬菜呢！」

「居然狗急跳牆了？這果然是基於隊長挑食的習慣辦的活動嘛！」

第一輪是在觀察情況。雖然米司蜜絲也懼怕自己可能中獎的狀況，但在看到抽中超辣熱狗的是陣後，她肯定產生了莫名的自信。

——也就是「今天的人家很走運」。

總覺得能把她這樣的心態看得一清二楚。

「好啦，命運的決賽要開始了。這回一定要分出勝負！」

四根熱狗在外觀上全無不同。

眾人依序拿起叉子叉了一根，下定決心咬下一口。

……結果如何？

…………沒事，我吃到的是原味熱狗！

光是X級辣度就已經超過了伊思卡所能忍受的極限。

而陣就算準備了萬全的對策，也難以徹底承受住XX級的辣度。

由此看來，不管用上何種手段，肯定都忍耐不了XXX級的辣度。吃到熱狗的人，肯定會如實地表現在臉上。

「我沒中。」

「音音我也是——陣哥呢？」

「最好是會連中兩次啦。」

三名部下的視線，自然聚焦在女隊長身上。

「欸欸，米司蜜絲隊……啊。」

音音的話聲戛然而止。

只見眼前的隊長保持著咀嚼熱狗到一半的動作，全身都僵住了。

「……隊長中獎了對吧？」

「————」

沒有任何回應。

她的臉通紅得像是一顆熟透的蘋果，隨即又轉為鐵青，最後則是變得宛如燃燒殆盡般的慘白之色。

然後——

「……嘎嗚。」

米司蜜絲隊長發出有如幼犬般的慘叫，就這麼癱倒在地。

「隊長————！」

「糟、糟了！這下不妙了，伊思卡哥！得快點讓她喝水才行……不如說該叫救護車了！」

「這也蠢得太過離譜，我這下沒話說了。」

三名部下將隊長搬到了樹蔭底下。

他們俯視著怎麼看都不像是成年女子的隊長　會兒後，不禁仰天長歎。

3

世界大陸東部——

魯特・賀拉德黃土沙漠。

環繞著獨立國家阿薩米拉的沙之荒野，如今雖然整出了安全的公路，但古時候卻是以有去無回的險地之名為人所知。

『之所以能規劃出這條路線，主要還是得歸功於搜索隊拚了命地查清蛇王(巴吉力斯克)的地盤呢。』

觀光循環巴士——

將觀光客載往阿薩米拉這座度假勝地的大型車輛內，迴蕩著車掌透過麥克風發出的聲音。

『能在這不毛之地生存的生物為了繁衍下去，都朝著強大且凶暴的方向進行演化。而其中鶴立雞群的存在，正是各位也有所耳聞的大型徊獸——蛇王。』

傳說這種徊獸擁有能讓人變成石頭的眼睛。

……但實際上，能從蛇王底下逃脫的人類少之又少。

……因為外觀渾身是沙，才會杜撰出這樣的傳說，然後廣為流傳嗎？

最該提防的部分，是牠猙獰的習性。

牠的體軀巨大，足有四公尺之譜，不僅速度極快，還有死咬著獵物不放的執念。

蛇王尤其無法饒恕踏入巢穴之人，甚至還曾留下追擊獵物至沙漠盡頭的紀錄。

『但還請各位放心，這輛巴士是繞著蛇王巢穴外圍前進的。就算不幸遇上了，本車也準備了蛇王厭惡的惡臭催淚彈。這輛車上也有兩名專屬獵人隨行——』

「還真是可靠呀。」

愛麗絲不帶感情地這麼答腔，再次靠到了窗邊。

自王宮搭專車前往國境。

之後，她便以個人旅行的形式行經幾座中立都市，再於離這座魯特．賀拉德沙漠最為接近的都市換乘觀光循環巴士，如今已經搭了十多個小時的車程。

……沙漠的風景已經看膩了呢。

……老坐在座位上，本小姐的屁股都要生疼了。而且沒辦法活動身體，肩膀好僵硬呀。

更重要的是，燐並沒有陪在身旁。

沒有隨從隨侍在側陪伴的不安，以及沒有談話對象的無趣感，這兩者都是愛麗絲已經遺忘許久的感覺。

「上一次距今差不多有十年了吧？記得是被母親大人帶去搭火車的時候……」

夜晚的大陸鐵路。

那是在王室家臣們的陪同下，搭乘火車遊歷大陸的記憶——

當時，愛麗絲搭乘的火車正以燈火通明的遠方中立都市為目標。而火車通過大量徊獸的地盤，因而遭受襲擊的記憶，如今仍是歷歷在目。

……本小姐那時候是怎麼反應的？

……因為初次看到了大型徊獸，好像被嚇得不輕呢。

當時的她完全動彈不得。

即使寄宿了強大的星靈，對於還不能完全掌握力量的年少愛麗絲來說，面對獸群來襲，她也只敢躲在火車車廂的後頭。

「也曾經發生過那種事呢……」

與現在的狀況有些相似。

不同之處在於，對現在的愛麗絲來說，區區蛇王已不足為懼。當然，若能避開這種野獸的巢穴，那便是再好不過了。

就在她想到這裡的時候——

「停車！」

司機大吼道。

正要登上沙丘丘頂的巴士緊急煞車。

車輪在揚起大量的沙塵後緊急停下。在其反作用力下，就連愛麗絲的身子都差點被震出座椅上頭。

「真、真是的，是怎麼回事啦……好危險呀。」

也有些乘客因而撞上了前方的座位，車內陷入了輕微的恐慌狀態。

『真、真是非常抱歉……那、那個……』

「——在前方看到了『腳印』。」

司機的低喃聲，讓乘客們不禁議論紛紛。

從停駛於丘頂的巴士向前看去，可以看到一道古怪的印子印在坡道上頭。

明顯是某個巨大物體通過沙漠時所留下的痕跡。

「唔？那是……」

愛麗絲自座位站起身。

她跑向巴士的後門，操作了緊急開關將其推開。

『這、這位客人！請別這樣，現在外出是很危險——』

她沒理會車掌的制止，跳出了車外。

灼熱的沙丘瀰漫著濛濛沙塵。

光是向外踏出一步，拂來的熱風就幾乎要讓全身上下都噴出汗水。愛麗絲迎著熱風衝下坡道，朝沙地上的痕跡前進。

那是一段腳印。

是比人類大上許多的「某物」，以雙腳踩過沙漠的痕跡。

……是蛇王嗎？但這裡離牠的巢穴很遠呢。

……而且腳印會是深深烙印在沙子上的東西嗎？

以雙腳在沙地上留下深陷的印子。

蛇王是以強韌的腳力在沙上滑步而行，若要比喻的話，就是像滑冰選手一般的動作。

然而，眼前的腳印卻有些古怪。

那宛如大象或是犀牛一類的龐然大物，震天價響地昂首闊步後留下的痕跡。

「是比蛇王更巨大的生物嗎？」

一道冷顫輕輕地竄過背部。這座沙漠的掠食者頂點，應該就是蛇王才對。但若是如此，眼前的腳印又是誰留下的？

「…………」

愛麗絲凝神注視的，是夾在兩排腳印之間的黑色水漬。

是血跡嗎？

就在愛麗絲一面這麼想，一面湊近之際，一股略感刺鼻的臭味隨即竄入了她的鼻腔。那不是血。讓鼻腔和肺部為之倒彈的臭味其實是——

「機油？」

她回想起與帝國士兵的戰鬥。

在愛麗絲攻入帝國據點的時候，也總是會聞到與此相似的氣味。

「……那東西的前進方向是……」

足跡往東而去。

一路向獨立國家阿薩米拉持續延伸。從腳印的深淺來看，那東西通過此地似乎還只是不久之前的事。

「本小姐還以為這是能和希絲蓓爾（那孩子）好好聊聊的機會，但看來情況有些不對勁呢……」

吹過沙丘的熱風，將愛麗絲如絲綢般的金髮輕輕撩起。

她按著遮掩視野的側髮說道：

「希望能在今日之內抵達呀。」

接著輕輕搖了搖頭。

4

獨立國家阿薩米拉的都市郊區——

這裡遠離了充滿度假村風情——坐擁泳池、露營區和大批旅館的鬧區，是一處林立著上流階級購入的別墅住宅區。

這是一處相當寧靜的區域。

若是再順著車道驅車前行，就會通往一路延伸到地平線的沙漠公路。

「欸……阿伊，還沒到旅館嗎？人家已經累到走不動了耶。」

「馬上就要到了。」

「嗚嗚……明明繼續住昨天的旅館就好了呀。」

米司蜜絲隊長呈現著雙手被伊思卡和音音拖著走的狀態。

「居然還特地換了住處，阿伊還真是心機重呢。」

「這是為了節省預算。鬧區附近的旅館普遍偏貴，而這一區的旅館則能以更便宜的價格享受同等級的服務。」

「說起來，我不是在出發前就提醒過這件事了嗎？」

陣走在最後面，如今正抱著米司蜜絲隊長的游泳圈和行李。

從一大早就在烤肉時鬧了個天翻地覆。

之後一行人再次前往昨天的泳池游了個過癮，到這時候才踏上歸途。不過，在伊思卡的提議下，他們變更了住宿地點。

表面上的理由，是住宅區的旅館更為便宜。

……但老實說，米司蜜絲隊長這次還真的矇對了。

……畢竟換旅館是為了未雨綢繆啊。

昨晚希絲蓓爾造訪了他的房間。

雖說她只是為了交涉而來，所以並沒有鬧出大事；但若換作是星靈部隊的強行攻堅，那就讓人毛骨悚然了。

不只是自己而已，連同伴們都可能陷入危機。

……旅館是我一個人挑的。

……而旅館也是剛剛才打電話訂的，如此一來就不會被鎖定落腳處了。

也沒有被跟蹤的跡象。

在前往旅館的這段路上，伊思卡總是對著周遭多加提防。他能保證，路上完全沒有任何一個行人是皇廳刺客喬裝的。

「啊～好幸福喔。」

宛如自言自語一般。

藍髮的女隊長以放鬆的口吻這麼說道：

「總覺得，很久沒過得這麼開心了呢。平時休假的時候，每到晚上人家的心情都會變得很鬱悶……因為會想到『明天又得上戰場』呢。但現在的人家，卻能為了明天的玩樂內容而感到歡欣期待，光是稍作想像，就能陷入幸福的情緒之中喔。」

「要胡鬧是無所謂，但至少要留點能走回旅館的力氣啊。」

「收到——」

雙手被伊思卡和音音拖著的米司蜜絲隊長，露出了純真無邪的笑容。

這時——

原本抓著她左手的音音，忽然慌張地停了下來。

「啊，隊長，先停一下。」

「怎麼了？」

「『那個快脫落了』。」

綠色的光芒從薄薄的襯衫底下微微透出——

而光芒來自米司蜜絲的左肩。

「啊！對、對不起喔，音音小妹！都是人家沒注意到……」

「放心、放心——！只是貼紙的邊角有點脫落罷了。大概是游泳時弄到的吧？」

她捲起袖子，重新將貼紙貼好。

而在這段期間，米司蜜絲隊長原先笑容滿面的表情也逐漸消沉下來。

「也、也是呢……現在可不是玩整天的時候，得找個辦法把這個圖紋遮起來才行呢。」

「隊長就是想破頭也白搭，所以就放心去玩吧。」

「阿陣，你好過分！」

「我、伊思卡和音音早就絞盡腦汁，但還是找不到解決方案啊。眼下只能暫時放空腦袋一陣子，然後再從頭摸索可行的手段了。我們還有整整六十天的時間可以考慮。」

太陽逐漸西沉——

狙擊手遠眺著被染成赤紅色的地平線，瞇細了雙眼。

「不過，隊長如果有那個心，那明天就去市集走一遭吧。」

「市集？你是說辦在市街角落的那種活動嗎？」

「這裡是獨立國家，既不是帝國也不是皇廳，『所以兩方的商品都會流入市面』。說老實話，那邊根本和黑市差不了多少。」

既買得到帝國製造的槍枝和子彈。

也買得到源自涅比利斯皇廳、用以製作星靈部隊制服的特殊金屬纖維。

貨源不明，而且都是非官方製品。

當然，這些特產的數量有限，而且價格還相當高昂。

「購物的原則是先搶先贏。若想搶到手的話，最好就是一大早出擊了。」

「陣哥，音音我們要搶的，該不會是那個吧？呃，就是隊長在星脈噴泉遭到挾持時的……」

「沒錯，就是夏諾蘿蒂前隊長身上的貼紙。」

「有嚇一跳嗎？」

「魔、魔女？——呃，好痛！」

「對呀。就是你們所說的魔女——無論是我還是我的部下都是呢。」

偽裝成帝國軍人的夏諾蘿蒂前隊長，隨即撕下了脖子上的貼紙。

那是可以藏住星紋和星靈能源的貼紙。

貼在米司蜜絲隊長肩膀上的，就只是普通的藥用膚色貼布罷了。就算能遮住星紋光芒，也阻絕不了星靈能量。

「在星靈方面的研究，那邊比帝國還要高明——這也是夏諾蘿蒂前隊長親口承認的事實。」

皇廳已經在著手開發可以阻絕星靈能量的特殊纖維了。

而帝國境內還未開發出這樣的產品。

「只要是類似的產品就行了。這裡弄得到皇廳開發的素材。即便要退而求其次，找出製造方法也是可行的方案。」

「真不愧是阿陣！人家好開心喔！你平常雖然嘴巴壞又待人冷漠，但人家陷入困境的時候，你果然還是很可靠呢！」

「別黏過來。沙漠（這裡）的氣溫已經熱得夠惱人了。」

「你的柔情呢！對人家的柔情到哪裡去了！」

對於一把抱上來的隊長，陣則是身手敏捷地加以閃避。

「……真是的，難得有女孩子投懷送抱，阿陣的反應也未免太不上道了。」

「隊長，已經能看到我們的旅館囉。」

伊思卡扛著她窄小的肩膀，指向建在馬路旁的旅館。雖說比鬧區的高級旅館遜色幾分，但這間旅館的等級也在中上程度。

更重要的是，這是帝國旗下的旅館。

即便是涅比利斯皇廳的有力人士，肯定也是不得其門而入。

「隊長和陣哥也快點跟上嘛！」

「對了，音音……還有陣和隊長都先進去吧，我去兌換明天會用到的錢。」

在被絢爛燈光照耀的自動門處。

踏進大廳的三人還來不及轉身，伊思卡就已經取出了一把帝國銀幣了。這裡是帝國境外，若沒兌換成世界通用紙鈔的話，甚至無法支付住宿的費用。

「要是外幣兌換店打烊的話就頭痛了，我會快去快回的。」

「好的——阿伊要快點回來喔，畢竟我們等一下就要去吃晚餐了。」

「我明白了。」

他握緊手裡的帝國銀幣，走向外頭。

此時是夕陽時分，在遠處搖曳的太陽，已經有超過一半的部位沒入了沙漠的地平之中。

「好啦——」

與三人道別後，伊思卡來到旅館外頭。

看似是走入旅館，其實是以極快的步法退回到室外的人行道上。

……妳就抱持著我已經進入旅館的成見，跟在後頭試試。

……如此一來，我們就能打照面了。

之所以刻意挑選寧靜的住宅區旅館，也是因為此地的人煙比起鬧區少上許多的關係。只要有人走在人行道上，自然就會引起他人的注意。

儘管如此，伊思卡仍沒看到可疑的人物。

「……不在嗎？」

希絲蓓爾昨晚的入侵手法著實高明。

不僅透過某種手段得知伊思卡的房號，還欺騙旅館經理取得備用鑰匙，難保她今天不會故技重施。不過她也可能並非孤身上陣，而是有涅比利斯的星靈部隊協助她進房——

但即便伊思卡提防再三，旅館前的大馬路上還是看不到可疑的人物。

「她不在這裡也可以說是理所當然吧。」

「你在找誰？」

雀躍而嬌憐的話聲，伴隨著一聲輕笑傳來。

這怎麼可能！

伊思卡向後轉身，看向旅館的入口處。只見玻璃自動門朝旁滑開，一名金髮少女一派輕鬆地從大廳步出。

看到她的身影，伊思卡感受到的已經不是驚訝，而是接近戰慄的反應了。

「晚安，伊思卡。你在找的人，該不會就是我吧？」

「……妳到底用了什麼伎倆？」

這不可能。

到底是用了什麼手段，才能早自己一步待在旅館埋伏？

「我不是說過『還會再來』嗎？我可沒打算就此放棄。」

少女在露出純真的微笑後，隨即變回了原本嚴肅的神情。

希絲蓓爾換上與昨日不同的另一件洋裝。她步出旅館後，便優雅地提起裙襬行禮。

「但這裡還有其他人在場。無論是對皇廳人（我）還是帝國人（你）來說，被人目擊都不是一件好事，我們不妨換個地方說話吧？」

「這點我也同意，但要去哪裡？」

天很快就要黑了。

若是移動到大樓的後方，那未免太過陰暗，也會有閒雜人等路過。但若是前往餐廳一類的地方，也會因為時值尖峰而滿是客人吧。

「去那邊吧。在那處地平線所在的方位，能看見一棟巨大的建築物呢。」

希絲蓓爾伸出手，指向與鬧區完全相反的方位——

那是緊鄰沙漠的廣大腹地。在那片區域上頭，能看見宛如巨型工廠般的大規模設施的輪廓。

「那座設施是……」

「是鑽油井喔。我聽說這個國家用了鑽孔機鑿穿了沙漠的地下岩層，藉以採集原油。畢竟也有謠言指出，帝國之所以會盯上這個國家，也是覬覦豐沛的能源資源的關係。」

「妳知道的可真多。」

「這也和我被派遣至此的目的有關。啊，遺憾的是，任務的內容是不能透露給你的。」

少女淘氣地拋了個媚眼。

「好像得從住宅區走上一小段路啊。」

「這便是此行的優點。因為該處人煙極其稀少。」

「……我知道了。但希望妳能讓我聯絡同伴，我得告訴他們會晚點回來。」

「請便。」

伊思卡撥打通訊機，聯絡起米司蜜絲隊長。

希絲蓓爾則在一旁全程觀看，而待伊思卡結束通話的瞬間，她便指向沙漠的方向。

「那我們出發吧。」

她迎著拂過頭髮的冷風邁出步伐。

前往鑽油井——

徒步大概要走上二十分鐘左右吧。意外的是，一直到抵達腹地外圍為止，金髮魔女都沒有說過任何一句話。

天色逐漸暗沉下來。

非相關人士禁止進入——

兩人穿過了腹地的看板，踏入其中。

「走到這裡應該可以了吧？正如我所預料，此地空無一人呢。」

伊思卡看著轉過身子的希絲蓓爾。

他首先要求說明的，是先前那陣衝擊的幕後真相。

「……應該和妳的星靈脫不了干係吧？」

「哎呀，你是在說什麼呢？」

「我是今天才決定要換旅館的，但妳卻早我一步，進了旅館等我上門。」

在前往這座鑽油井的路途，伊思卡一直在思考。

但即使如此，他還是無法確認出希絲蓓爾的星靈之力為何。

「我以為妳肯定是用了某種魔法。」

「魔法？哎呀，原來你也會開這種超現實的玩笑啊？還是說，我看起來真的是那麼恐怖的魔女嗎？」

少女以嫻淑的動作按著胸口，抬眼瞧了上來。

魔女——

她是這麼稱呼自己的。

「如你所言，那確實是我的星靈之力。」

金髮少女解開了洋裝的前排鈕釦。她以一隻手解開了最上面的釦子，接著移向第二顆。

在夕陽的照映下，少女敞開了自己的胸口——此情此景堪稱是美麗如畫。

「唔！妳做什麼……」

「請放心，我不打算無意義地裸露身子。」

在鎖骨的下方——

散發出朦朧微光的星紋，從洋裝布料的縫隙間顯露出來。

「我的星靈，具備著將過去化為影像投影出來的力量。」

「過去的影像？」

「今天的正午過後，你打了電話聯絡這間旅館，複誦了房號資訊，也通知了入住時間——而這一切都能在我的眼前重現。換句話說，我便是親眼看到了這些資訊。」

「……居然有這種力量。」

就連伊思卡也是首次聽說這種星靈。

的確，若非擁有這樣的力量，想搶先抵達旅館根本是痴人說夢。

而希絲蓓爾雖然說得雲淡風輕，但這肯定是能干涉時空的星靈術。縱然星靈為數眾多，這也是極其罕有的能力之一。

……這已經不是跟蹤這種層次的玩意兒，是高出好幾個層級的凶狠能力了。

……要是用於諜報戰的話，還會有比這更危險的能力嗎？

若是讓這名魔女入侵帝都的話——

那無論是機構司令部的資訊、帝國議會的決議內容，亦或是使徒聖和八大使徒的個人資料等機密，肯定都會被她一覽無遺。

「而昨天我撒了一個謊。也就是關於我的身分。」

「說謊的是希絲蓓爾這個名字？還是侍奉王室的這個身分？」

「是後者。我名為——」

解開的鈕釦並未扣上。

金髮少女就這麼按住發光的星紋，朗聲報上名號。

「希絲蓓爾・露・涅比利斯九世，乃是有權繼任女王之位的正統繼承人。」

「——妳是……！」

「話雖如此，但我在準備這次旅行時，並未攜帶足以證明身分的物證。」

「…………」

「你信不過我嗎？」

「……正好相反。」

伊思卡露出了苦澀致極的笑容，用力甩了甩頭。

自己的直覺果然沒錯。這名讓人聯想到冰禍魔女愛麗絲莉潔的少女，其真實身分竟是——

……和愛麗絲一樣，是現任女王的女兒。

……看來不會錯了，她就是愛麗絲的親妹妹吧！

也難怪她會身負如此驚人的力量。

這名少女也是始祖的後裔，被稱為純血種的星靈使一員。

「我相信妳沒有說謊，所以才會反應得如此震驚……但這樣坦白真的好嗎？我可是帝國的士兵喔。」

「正因為想拉攏身為帝國士兵的你加入，我才不得不揭露自己的底牌。」

如她所言，希絲蓓爾公主的嘴唇正微微地顫抖。

她承受著沉重的壓力。畢竟知曉了公主身分的帝國士兵隨時都有可能態度一變，對她動粗。

「雖然貴為公主，但我的身邊沒有任何一名同伴。」

「…………」

伊思卡稍微花了點時間思考箇中含意。

「是因為周遭的人們都恐懼妳的星靈嗎？」

「正確來說是『投鼠忌器』吧。雖說不能透露詳情，但我國女王的性命正遭受威脅，而幕後黑手是始祖的後裔之一。」

「唔……」

「你認為這是皇廳自取滅亡嗎？不，那人的盤算並非奪取皇廳，而是更為毀滅性的——以讓世界潰亡為目標的邪惡征途。一旦女王喪命，那人的下一著，肯定就是與帝國同歸於盡了吧。」

「……這豈不是自殺式攻擊嗎？為什麼要這麼做？」

「這是為了剿滅皇廳之中的礙事人物。讓擁有強大力量的王室全數投入戰亂之中，並趁著戰況混亂之際拔除眼中釘。」

然而——

這份陰謀終究瞞不過希絲蓓爾・露・涅比利斯九世的法眼。因為她的星靈能看透這世間的所有盤算。

「所以妳也被覬覦女王性命的背叛者盯上了嗎？」

希絲蓓爾公主沒有回話。

那對大大的眼眸中，只蘊含著濃烈的憂國之念。

「就如同我監視著背叛者一樣，背叛者也同樣監視著我。即使到了現在，我也還沒能查出誰與背叛者是同夥……」

為此，她無法委任皇廳裡的部下。

畢竟那名部下同為背叛者的機率並不是零。

「我的星靈對於戰鬥時無能為力……你若是在此時此刻拔槍相向，我應該就會沒命了吧。」

她微微露出了自嘲的苦笑。

純血種魔女那張惹人嬌憐的臉蛋如今皺成一團，她甚至還咬住了下唇。

「伊思卡──我想要你！」

並這麼吶喊道。

在無人的設施之中，唯有少女嬌憐的喊聲響徹四周。

「我已經作好準備，可以將你的家人和部隊的同伴們以國賓的身分邀入皇廳，並讓你們過上榮華富貴的安全生活。你只要……只要待在我身旁就可以了！我希望你能保護我的性命！」

「──」

「一旦女王落入了怪物手中，整個國家就會淪為傀儡，向帝國挑起全面性的戰爭。事態若走到這一步，那你所珍視的人們說不定也會因此喪命。」

能透視過去的魔女所預言的未來。

再過不了多久，帝國就會與涅比利斯皇廳爆發全面性的戰爭吧。而且就伊思卡聽來，少女並不像是在說謊。

「伊思卡，你期盼世界潰滅嗎？兩個國家將會有一方消滅，而倖存的一方也會變得百廢待舉。你期望著這樣的未來嗎？」

「……我不期望。」

「我希望你能和我一同改變那樣的未來。」

也許是情緒激動的關係吧。

涅比利斯皇廳的公主兩頰發燙，向前踏出了一步。

「我沒有要你連內心都背叛帝國。只要二年……不，只要兩年就好了。護衛的期間只到我成為下任女王即可。在那之後，你既可以返回帝國，也能在皇廳久住。若想逃離戰火，躲至中立都市亦無不可。」

「……這還真是好到誇張的待遇啊。老實說，我覺得自己配不上這樣的條件。」

「看來你是明白了呢。」

大概是當作接受了自己的好意吧。

敵國的公主露出安心的神情，伸出了自己的右手。

「那麼，伊思卡，還麻煩你從今日起保護我了。」

「——」

「伊思卡？」

「……這確實是優渥到誇張的提案，但我不能握住妳的手。」

「咦？」

她露出茫然的眼神。

無法理解眼前的狀況。希絲蓓爾面露困惑的神情，將自己從頭到腳仔仔細細地打量一番。

「是、是我聽錯了嗎？」

「我有理由。有著不能不以帝國兵身分戰鬥的理由。」

「我辦不到。我無法加入涅比利斯這一方。」

「……爲什麼呢？」

沒錯。

這恐怕是淘氣的星星所帶來的命運吧。

魔女樂園的公主們試圖延攬，而自己則是一口回絕——「擦身而過」的宿命。

「妳剛才問我，是否期盼兩個國家毀滅。我當然是不期望了。」

「那、那你為什麼拒絕呢！再這樣下去，皇廳會淪為傀儡，兩國的全面性戰爭會變得箭在弦上呀！若想避免這樣的……」
「這一點就是我倆的不同之處。」
「唔。」
「我——『打算徹底終結兩個國家的爭鬥』。」
「你……你打算怎麼做？」
「透過談和成真。」
「這是不可能的！談和云云根本只是痴人說夢！」
公主的話聲中混雜了怒氣。
「就算我真能當上女王，我也能斷定這絕不可行。因為我國的國民……恐怕是絕對無法原諒帝國的。」
「這我早就明白了。」
……我知道。
……因為愛麗絲也和我說過一樣的話。
若說這樣的話語能否消減伊思卡的覺悟，那答案是「否定」的。
全面性的戰爭將會爆發？
求之不得。既然如此，「那就在全面性戰爭爆發之前結束所有的戰事」。這就是伊思卡的覺悟，同時也是他和愛麗絲與希絲蓓爾的理念相悖之處。

「所以我不能成為妳的部下。」

「……怎麼會……」

金髮少女腳步虛浮地向後退去。

她雙膝癱軟，險些撐不住身子，但仍靠在路燈上頭勉力忍耐。她的狀態就是如此憔悴。

「——唔……嗚……」

纖細的肩膀顫抖，嘴裡流洩出微弱的抽咽聲。

她咬緊牙關忍耐，但悲痛的嘆息仍不聽話地從齒縫之間緩緩滲出。

「…………果然……我一個同伴也沒有呢…………」

就在她嘔血似的這般呢喃後——

「真遺憾。對我來說，這實在是太過遺憾的狀況了，小希絲蓓爾。」

回應像是刻意算計好似的，從背後傳了過來。

「少女於冰冷的夜晚垂淚——這是何等美麗的情景，彷彿渾然天成的畫作。不過，這也是妳試圖勾起帝國兵同情心的演技嗎？」

在路燈燈光下浮現而出的，是戴著假面的黑衣男子。

而四名全副武裝的人物跟在他的身後。所有人都穿著與觀光勝地極不搭調的獸皮飛行裝，並以全罩式頭盔遮住臉孔。

「嗨，小希絲蓓爾，妳在招兵買馬這方面還真是用心啊。」

「假面卿！」

希絲蓓爾尖聲喊道。

「您、您為何會出現在這裡……」

「只是湊巧放了個假啊。我想把國內的喧囂忘掉，所以跑來了度假勝地，這一點也沒什麼好奇怪的。」

假面男子以誇張的動作搖了搖頭。

對此，伊思卡則是一語不發地向後退去。他與這名男子的關係，絕不是「打過照面」就能一筆帶過的。

……是在星脈噴泉挾持米司蜜絲隊長的傢伙！

……這裡可不屬於皇廳，也不是戰場，而是一處中立國家啊。他究竟為何而來？

雖說伊思卡曾直接交手過的，是名為琪辛的純血種，但她所聽令的這名男子也散發著詭譎的氣息。

「奇怪的是妳才對吧，小希絲蓓爾？」

被假面男子伸手一指，公主登時渾身一顫。

「站在身旁的少年是誰呀？」

「他、他是……」

「沒必要和我打馬虎眼，我本人就曾在上次處理星脈噴泉的案件時，和那位帝國劍士互別苗頭過了。但當時的對峙僅是草草收場，有些意猶未盡呢。」

假面底下流洩出冰冷的笑聲。

「看來好運站在我這裡呢。若不是曾去過謬多爾峽谷一趟，我就不能斷定妳與之交談的那一位是帝國士兵了。而如今為時已晚，我已經掌握了你倆交談的證據了。」

握在假面男子手裡的，是一臺錄音機。

他刻意秀給兩人看後，隨即收入了西裝外套的內袋。

「女王肯定會大失所望吧，想不到自己的女兒居然是通敵之人。」

「請聽我解釋，假面卿！我並沒有投靠帝國，而是恰恰相反，是為了阻止背叛者竊國——」

「背叛者是妳才對啊。」

「……嗚！」

聽到這冷酷的宣告，金髮少女睜大了雙眼。

「原來是這麼一回事呀……」

冰冷的嗓音。

少女展露出伊思卡從未見過的憤怒眼神，瞪視起假面男子和他的部下。

「對佐亞家來說，事情的真假並不重要，只要能獲取足以操控輿論的少許對話紀錄即可——目的是陷女王於不義。」

「要怎麼想是妳的自由，只不過一切為時已晚了呢。」

「……是誰將我的行蹤透露給您的？」

「容我重述一次，我只是單純過來休觀光假的。真是遺憾啊，小希絲蓓爾，我這下不得不以投靠帝國的罪嫌將妳逮捕歸案了。」

四名部下同時擺出了戰鬥架勢。

看到這樣的陣仗，金髮少女在伊思卡出聲叫喚之前，便先一步轉過身子。

她奔向夜路——

希絲蓓爾專心致志地發足飛奔，朝著點亮朦朧燈光的鑽油井深處跑去。

「居然逃跑了？真不愧是女王(米拉蓓爾)的女兒，我還以為妳會乖乖就範，結果居然想抵抗到最後啊？若是被她躲進黑暗之中，要追蹤起來可會花上不少工夫啊。」

「……你叫做假面卿是吧？」

伊思卡側眼看著希絲蓓爾遠去的背影。

同時與假面男子展開對峙。

「她不是你們的同伴嗎？你們都是皇廳出身的吧？」

「你若是在詢問我和小希絲蓓爾的關係，那我只能這麼回答——『這絕不是在開玩笑』。」

從假面底下滲漏而出的，是極為壓抑的憤恨之情。

「皇廳並非團結一致——你應該也親身明白了吧？那孩子偏偏用的是徵召帝國士兵這種作法，這可是相當嚴重的罪行。」

「……你不問她找上我搭話的理由嗎？」

希絲蓓爾公主向伊思卡闡明了「身邊沒有可信任的同伴」這樣的心境。

雖說自己因為顧及身分和立場而無法點頭同意，但伊思卡明白，希絲蓓爾也是苦無良策，才會採取這種最後手段。

她是拚了命地想守護皇廳。

……她也和愛麗絲一樣。

……雖然我們彼此是敵對的身分，也難以站在同一陣線，但我能理解她們的理念。

「她是王室的成員吧？一般來說，應該都會覺得她是因為走投無路，才會找上一介帝國士兵對話吧？」

「真教人傻眼。」

假面卿嘆了口氣。

「理由根本無關緊要。王室成員總是在同一座棋盤上彼此競爭，但她卻選擇了作弊——打算將不屬於這套棋、名為帝國士兵的棋子帶進棋盤裡頭。我沒必要詢問她作弊的緣由，光是違反規則，就足以讓她定罪。」

「那麼——」

「在夜裡鬧事也是滋事重大，你們幾個傢伙別在這擾鄰啊。」

一道強光照了過來。

巨大鑽油機上的燈光被打了開來，將被夜幕籠罩的腹地照得宛如白晝。

「陣！」

「真是的，你說會晚點回來，我還擔心了一下，原來是被小混混給纏上了啊。看吧，隊長，這不是悠悠哉哉挑選燒肉店的狀況吧？」

「有必要在這時候爆人家的料嗎！」

從鑽油機底下現身的，是陣和米司蜜絲隊長。而慎重地抱著伊思卡星劍的音音，也在隔了一拍後躍出身子。

「是、是那時候的……！你是把人家踢下去的魔人！」

「這不是人質小姐嗎？我還以為妳已墜入星脈噴泉之中，看來是平安生還了，實在是可喜可賀。妳最近的身子可安然無恙？」

兩人有著一段過節。

被米司蜜絲伸手直指的假面卿，看似愉快地聳了聳肩。

「哦，原來如此？換句話說，小希絲蓓爾想收為棋子的並非一人，而是一整支部隊啊？」

「你還有空放些沒人聽得懂的屁話啊？」

銀髮狙擊手瞪視的對象，是文風不動的四名部下。

被希絲蓓爾稱作假面卿的男子，肯定是純血種沒錯。若是如此，這四人想必就是與王室成員隨行的護衛吧。

不過——

「可別誤會了。你們雖然有意開戰，但我們卻沒有戰鬥的打算。」

「……你說什麼？」

「我等的目的是將皇廳的同志押回本國而已。我們沒興趣在這獨立國家阿薩米拉的境內和帝國（你們）士兵玩火自焚。」

希絲蓓爾公主和帝國劍士的對話，已經被錄音機記錄下來了。不過，假面卿打算藉由這項物證採取何種行動，尚不得而知。

……該怎麼辦？這是需要作出判斷的時刻。

……說起來，我們並沒有為了希絲蓓爾挺身而出的必要。

特別對米司蜜絲隊長、陣和音音三人來說更是如此。

無論假面卿有何密謀，這都是敵對國家涅比利斯皇廳的內部鬥爭，不是帝國部隊需要插手的狀況。

「你們懂了吧？好啦，各位，讓我們前去追捕希絲蓓爾公主吧。但可要下手輕些，就算成了背叛者，要是弄傷了公主遭受國民非難，那也很傷腦筋啊。」

假面男子打了個響指。

作出回應的——「並不是身後的四人」。

完全出乎意料之外。

無論是對伊思卡所屬的第九〇七部隊，或是假面卿所率領的涅比利斯皇廳的精兵來說，那名不速之客的介入實在是過於唐突。

「……怎麼了？」

只見重量驚人的物體揚起了大片的沙塵，撕裂了漆黑夜幕墜落而下。

隨著一聲轟然巨響，從中現身的是——

擁有厚重裝甲的漆黑機器人。

那比人體大上好幾圈的巨大身軀，應該至少有三公尺吧。

機器人被一層層的裝甲板所包覆，就剛才的著地聲判斷，其重量恐怕在大型卡車之上。

機器人的右手握著受過強化的陶瓷巨劍，左手則握著反星靈盾牌。

其身姿宛如一名騎士——

那肅殺的身影，就連假面卿也提高警覺向後一跳。

「那是殲滅物體嗎！」

音音在飛揚的沙塵之中吶喊。

「不會吧……音音我從沒聽說過這東西會派遣到帝國境外，這究竟是……」

『感應星靈能源。』

電子機械聲響起。

大型機器人像是在估算似的，依序看向聚集在鑽油井的人們。其視線首先投向了假面卿和四名部下。

『星靈反應體。一、二、三、四、五……』

最後——

機器人轉身看向了米司蜜絲。

『星靈反應體，六。統計結束——開始追蹤優先拘捕對象「純血種9LC」。』

「……『不可以』！」

音音的悲鳴沒能阻止它。

裝甲機器人飛上天空，筆直地朝著鑽油井的深處飛去。

那是希絲蓓爾公主逃跑的方向。

「伊思卡哥，去追那臺機器人吧！不能讓它逃了，得破壞殆盡才行！」

「不過，那不是帝國的兵器嗎？」

……殲滅物體。我記得那是帝國無人機的樣品名稱。

……是用來對付星靈使的兵器。

簡單來說，那玩意兒就是他們的伙伴。

身為一流機工士的音音肯定對此知之甚詳。但為何——

「『隊長的資料被記下來了』。」

「……原來是這個意思嗎！」

「咦？咦？人、人家怎麼了？」

「隊長妳就乖乖裝作什麼都不知道吧。伊思卡，你和音音去追那個大塊頭！」

陣的咆哮聲撕裂了黑夜。

在這聲吆喝的推動下，伊思卡和音音極有默契地同時疾奔而去。

……那臺機器人將米司蜜絲隊長算成了「第六人」。

……要是那東西返抵帝國的話就玩完了。隊長魔女化一事會被司令部知道的！為此，說什麼都得阻止它。

「這是怎麼回事？破壞……？難道說，『你們打算讓我們揹這個鍋嗎』？」

假面卿的話聲中，蘊含著冰冷的怒意。這名男子想必在短短一瞬間，就已經識破帝國部隊的意圖了吧。

「各位，動作快。我們要逮捕希絲蓓爾公主，迅速脫離此地！」

「不會讓你趁心如意的。」

一聲槍響撕裂夜幕。

在星靈使們正要踏出第一步的瞬間，一顆子彈從他們的眼前橫穿而過。

「快走吧。音音，可別脫隊了。」

「包在音音我身上！」

音音加快腳步，緊緊地跟在伊思卡身後。

現在還來得及。兩人追得上以飛行模式追蹤希絲蓓爾的殲滅物體。

——沙塵平息下來。

兩名帝國士兵和五名星靈使，就這麼留在變得一片寂靜的現場。

「真是教人不快啊。」

男子以手指輕敲假面，發出了清脆的「叩」的一聲。

「我等沒打算把事情鬧大。我們的目的僅是帶回自己的同胞，為何你們帝國士兵偏偏要阻擾我等？」

「你猜錯了。」

「唔？」

「你是那種腦子動得很快，但很不會掌握要領的類型呢。」

銀髮狙擊手護著米司蜜絲向前踏步。

假面卿沒有察覺到——

這名常保冷靜的帝國兵，此時話聲中帶了寂靜的怒意。

「在星脈噴泉對我們家隊長出手的，就是你這混蛋對吧？」

「…………」

「這就是理由。」

包含純血種在內，敵人為五名之多的精兵。

儘管是以二對五的不利形勢，陣的鬥志和自信卻沒有絲毫動搖。

「是我想把你們痛打一頓的理由啊。」

＝＝＝

殲滅物體。

其飛翔時所噴發出來的光和蒸氣，在空中拖曳出一道白色的軌跡。

……殲滅物體是所有樣品機的統稱。

……我知道帝國的研究機構製造了名為「魔女獵手」的機器人。

那是能感應星靈能源，藉以追蹤魔女的行刑士兵。

但教人在意的，是那臺機器人的性能。

究竟是帝國星靈研究機構——奧門所製造的量產型？還是投注了鉅額資金打造的訂製型？至於另一個可能，就是尚未公諸於世的「非官方」型了。

「照理來說，那玩意兒應該不具備飛行組件才對呀。能讓那麼沉重的機體飛上天的推進器……就連音音我也沒聽說過呀！」

「……是最新的機型嗎？」

「不曉得。音音我認為那應該是眾多殲滅物體的其中一臺樣品機。」

循著光之軌跡向前行進。

伊思卡和音音持續一同穿過鑽油井的腹地。光之軌跡緩緩下降，恐怕是找到目標了吧。

也就是找到了希絲蓓爾。

「總之，伊思卡哥，絕不能讓那臺機器人回到帝都！」

音音喘著氣說道：

「那臺機器人所點名的『魔女』之中，也包含了米司蜜絲隊長。要是司令部收到資訊的話，隊長魔女化的事就要曝光了！」

「這我知道。就算得澈底破壞也要阻止它。」

而且單純地將之破壞也不行。

他們必須讓狀況偽裝成「殲滅物體在追蹤希絲蓓爾這名純血種的過程中，被希絲蓓爾和其魔下的護衛破壞了」。

……就結果來說，我確實是幫了她（希絲蓓爾）啊。

……但就僅此一次而已！

他沒辦法對敵國公主伸出援手。

因為對伊思卡來說，始祖的後裔原本是用來完成伊思卡的宿願——也就是逼迫兩國進行談和的人質。

「你期盼和平的到來嗎？但這是不可能的。」

「所以我想到的方法，就是活捉涅比利斯的直系。」

在延續百年的戰爭史中，帝國軍方不曾活捉過純血種。

這樣的說法流傳至今，而伊思卡也深信不疑。正因如此，他認為若想進行和平談判，就得由自己親自活捉純血種。

但他怎麼也想不到——

「我名爲希絲蓓爾。若你願意記住的話，便是我的榮幸。」

「希絲蓓爾・露・涅比利斯九世，乃是有權繼任女王之位的正統繼承人。」

究竟是怎麼一回事？

這是何等撲朔迷離的命運。理應由自己親手活捉的純血種，卻偏偏是自己協助越獄的對象。

……而現在也一樣。

……她明明都出現在我面前了，但我不僅不能抓她，甚至還得出手拯救她的性命。

協助米司蜜絲隊長，摧毀殲滅物體。

他已無暇再去活捉純血種了。

「真傷腦筋啊……」

明明狀況如此嚴峻，但他卻險些露出苦澀的笑意。

「我明明已經傾注全力，為什麼總是不盡人意……這樣的緣分還真是諷刺。」

「伊思卡哥？」

「……音音，我們動作快。絕對不能讓殲滅物體跑了。」

伊思卡咬緊牙根，追著光之軌跡蹬地衝出。

5

——禁止進入。

少女攀著扶手，從寫有這番警語的招牌旁翻了進去。

她仰望著高聳如山的巨大鑽油機，繼續朝著腹地的深處一路前行。

少女（希絲蓓爾）漫無目的地發足狂奔。

「……唔……呼……呼……！」

要去哪裡？

此時的她氣喘吁吁，全身汗如雨下。

要往哪裡逃？

她知道自己遲早會被逮住。就算能躲在鑽油機的影子底下熬過一晚，等天一亮，她終究還是會被假面卿的部下找到吧。

就算有辦法一路逃回皇廳，與帝國兵（伊思卡）的對話也被錄了下來。

這麼做已經沒有意義了。

無論是逃跑或是被抓，下場都一樣。

「唔……哈、啊……唔……唔！」

已經是窮途末路了。

自己將會被視為投靠帝國的叛徒而遭到軟禁。

如此一來，就沒有人能對抗潛伏於王室的「那頭怪物」，女王也會慘遭毒手。現今的政權很快就會崩潰，涅比利斯皇廳應該會走上滅亡的道路。

與帝國爆發全面性的戰爭。

這場會將這顆星球破壞殆盡的戰爭將永無止境，直到再也無人生存為止。

明明是這樣的──

那麼，我為什麼依然跑個不停……！

淚水盈滿眼眶，使得視野變得一片模糊。

不適合穿來跑步的高跟鞋，如今似乎隨時都會從腳底連跟脫落。呼吸也變得困難，甚至連側腹都痛得厲害。

明明已經疲憊至此，為何──

「……別小看我了！」

她還是有尊嚴的。

就算被迫背上莫須有的罪名，就算會遭受軟禁，身為公主的希絲蓓爾仍有該完成的任務。

「那就是鎖定出背叛者的存在」。

「假面卿！向你通風報信的，到底是誰！」

希絲蓓爾此行的目的地並未公諸於世。就算放眼整座王宮，知情者也屈指可數。

貼身侍從修鈸茲總是跟在自己左右。

女王更不能算數。

因此，有嫌疑的只剩下長女伊莉蒂雅和次女愛麗絲莉潔，犯人就是二者之一。

……只要能回到王宮，我就能用燈之星靈作出確認了。

……我能查出假面卿在這幾天曾接觸過的對象。

就算淪落到得在沙漠之中爬行，她也要固守尊嚴返回王宮。等確認完畢之後，才是自己遭到逮捕之日。

只要能如實告知女王，或許就能保住她的性命。

如此一來，皇廳就得以存續。

「守護國家……這可說是身為公主應盡的義務吧！」

她還是有尊嚴的。

這便是她的骨氣。就算從母親到家臣都對她多有提防，她還是要將身為公主應盡的義務全數完成——

『優先拘捕對象「純血種9LC」，開始進行捕捉。』

…………

…………咦？

純血種9LC。希絲蓓爾沒察覺那是對自己的稱呼。冰冷的電子嗓聲傳來後，一道巨大的影子隨即從天而降。

降落在她的眼前。

「這是殲滅物體！帝國的機械兵……難道我的消息甚至走漏到帝國了嗎！」

不只是假面卿而已。

希絲蓓爾造訪這個國家的事，遭到背叛者一併送到了帝國之中。

「唔！」

她沒有絲毫的猶豫，立刻掉頭轉身。

而就在她背對那擋住去路的巨大物體，跨出第一步之際——

——啪嘰。

一道詭異的聲響傳來。那是腿部內側被某物擦過的聲音。隨即，希絲蓓爾的左腳變得無法動彈。小腿傳來的劇痛竄過全身上下，讓她的下半身抽搐連連。

『鎮壓彈，命中。』

奔跑時的慣性讓她雙腿一絆。

身子要不聽使喚地撞上堅硬的地面了——就在作好心理準備的時候——

「追上妳了。」

咦？

希絲蓓爾理當重摔在地的身子，被某人抱住了。

「伊思卡哥，它進入自動排除模式了，很危險喔！」

「這我知道。」

那是緊握著黑白雙劍的帝國劍士。

站在自己面前的他，就像在袒護自己一般。

「『下不為例』用在這裡有些不太對，畢竟已經是第二次了。」

前使徒聖伊思卡。

一年前協助自己逃獄的劍士，面露五味雜陳的苦笑轉頭看來。

「我們這樣的緣分到底該怎麼形容才好啊？」

Chapter.5 「狩獵魔女的行刑機體」

1

獨立國家阿薩米拉的鬧區——

在夜色漸深的此刻，吹拂而過的大廈風冷冽刺骨。

「結果比預期晚到很多，不太妙呢。」

愛麗絲拖著旅行用拖箱。

大步走在寂靜下來的大馬路上。

她橫越了廣闊的沙漠，搭乘計程車穿過高級住宅林立的郊區，如今才終於抵達鬧區。

……燐雖然已經幫我查好希絲蓓爾的落腳處了。

……但她這個時間會是在吃晚餐呢？還是已經睡了？

她原本打算邀妹妹和自己共進晚餐，但由於在橫越沙漠時發現了那串古怪的腳印，害得巴士延誤了不少時間。

「那是一段腳印。」

「是比人類大上許多的『某物』，以雙腳踩過沙漠的痕跡。」

比起人類的腳印要大上許多。

根據殘留在現場的機油，愛麗絲認為那是帝國的機械兵留下的痕跡，所以才匆匆忙忙地加緊腳步趕路；然而——

「本小姐還以為帝國是打算用那玩意兒侵略這個國家……看起來完全沒有這樣的跡象呢。」

無論是郊區還是鬧區，鎮上都呈現平安無事的氛圍。

光是有一臺帝國的機械兵踏上此地，就足以驚動全國的警備部隊擺出大陣仗了吧。

「……愛麗絲大人？」

「咦？」

這時，某人從近在眼前的距離出聲搭話。

愛麗絲完全沒注意到朝自己走近的這名老人。畢竟她滿腦子都在思考於沙漠留下腳印的究竟是何種存在，以及該說服妹妹（希絲蓓爾）的方法。

「果然沒錯！這不是愛麗絲大人嗎！」

只見來者是一名西裝筆挺的老紳士。

貼身侍從修鈫茲。他從希絲蓓爾年幼時便擔任隨從，而在希絲蓓爾閉門不出後，修鈫茲更是她唯一願意敞開心房對待的部下。

「修鈫茲？哎、哎呀，真巧……」

她的內心為之一驚。

這名老人出現在鬧區，就代表希絲蓓爾人在不遠處了。糟糕，自己還沒有作好心理準備，想不到就要這麼趕鴨子上架了。

「呃……那個，希絲蓓爾她——」

「您可有見到希絲蓓爾大人！」

「……咦？」

這是怎麼回事？

妹妹每次行動時，不是都會有這名貼身侍從隨侍在側嗎？

「希絲蓓爾大人遲遲沒有和小的聯絡，她說因為原因複雜，必須獨自行動一陣子……」

「你說什麼？」

說詳細點——

就在路燈底下的愛麗絲正要走向老人的時候——

天空驀地「啪」的一聲，炸出了藍白色的光芒。

「咦？」

就方位來看，光芒是從遠離鬧區的郊區傳來的。

剛好是愛麗絲剛剛行經的地區。

……距離還滿遠的，比別墅林立的住宅區更靠近外緣呢。

……是鑽油井的上空嗎？

光芒雖在轉瞬間就消逝於夜空之中，既然這麼遠都能瞧見，想必那是一道相當強烈的光芒。

而看在愛麗絲的眼裡，那似乎與星靈能源的光芒很是相似。

「愛麗絲大人，請問發生什麼事了？」

直視著愛麗絲的老人，想必沒有察覺背後迸出的光亮吧。即使是透過鬧區和旅館的窗戶向外看去，能目擊那一閃而過的光芒的目擊者肯定寥寥無幾。

「難道說，那真的是帝國軍下的手嗎！」

在沙漠見過的腳印，於此時鮮明地浮上心頭。

換作平時，她很難認為帝國軍會光明正大地出兵攻打這個國家，但如今的愛麗絲卻隱約能明白帝國膽敢如此蠻幹的原因。

因為這裡有純血種（希絲蓓爾）。

對帝國軍來說，涅比利斯女王之女是個肥美的獵物。

……但希絲蓓爾的所在地怎麼會曝光？

……知道她外出遠征的，就只有少之又少的王室成員而已呀。

愛麗絲、女王，以及長女伊莉蒂雅。

除此之外，佐亞家和休朵拉家應該都透過了獨立的情報網掌握詳情了吧。然而，知悉內情的真的就只有這些人而已。

有人把希絲蓓爾出賣給帝國了？

「不，愛麗絲，這些事情晚點再想吧。總之，帝國軍的士兵潛入此地的可能性不低，剛才的光芒若是交戰時迸出的光亮……」

「愛麗絲大人？」

「修鈸茲，本小姐的行李就交給你看管了。在希絲蓓爾傳來聯絡之前，你就在這裡待命！」

她放開拖箱，在入夜的鬧區疾馳。

郊區──

目的地是緊鄰沙漠的鑽油井。

「帝國軍敢在這裡撒野？這可不是開玩笑的呀。」

她迎著寒風向前飛奔。就算姊妹之間的感情不算和睦，這點小事如今也無關緊要了。希絲蓓爾的實力孱弱，甚至沒辦法好好保護自己。

既然如此。

身為姊姊，就該挺身保護這樣的妹妹。

「要是對我妹妹動手，就讓你們吃不完兜著走！」

2

星靈研究——

這是帝國明令禁止的研究領域，但其中卻存在著唯一一個獲得授權研究星靈的機構。

那便是單一集聚智能體「奧門」。

這是在八大使徒的決議下設立的研究機構。而其中的成品之一——殲滅物體，即「魔女獵手」之中的處決士兵。

在這龐然大物的面前。

「……你、你這是在做什麼呀，伊思卡？」

金髮魔女希絲蓓爾，以膽怯的神情抬頭望來。

「為什麼要追在我身後？明明談判早已決裂……難道說，把這臺兵器運至此地，就是你下的指示？」

「我可沒那種權力，畢竟我一年前就不幹使徒聖了。」

「…………」

就算不特別提醒，希絲蓓爾想必也明白這層環節。

伊思卡失去了使徒聖的頭銜，而這正是協助她逃獄所承受的代價。

「既然如此……」

魔女之國的公主抿緊嘴唇。

「事到如今，你還在這裡做什麼！你不是已經說過，你無法成為我的同伴嗎！」

「是啊。」

「那麼，你為何會——」

「一年前。」

「咦？」

「從一年前開始就是如此了。我是帝國的士兵，而妳是皇廳的星靈使，我無法成為妳的同伴。然而，我還是協助妳逃獄了。從那天至今，我依然沒有任何改變。」

「…………」

「我也有我的理由。畢竟不能對妳說的祕密可是多如山高。」

黑與白的一對雙劍。

伊思卡架起從師父手中繼承而來的星劍，轉身看向眼前的「機動兵器」。

『拘捕對象「純血種9LC」——』

這臺兵器能辨識的，只有「敵方」和「非敵方」而已。

只要是妨礙拘捕魔女之人，就全數視為敵人。若要說理由的話，就是帝國兵不可能存在協助魔女的情況，而程式也是以此為前提設計的。

「我要摧毀這東西。正在追捕妳的假面男子，也被我的同伴拖住了手腳。」

破壞殲滅物體的乃是皇廳的星靈使。

為了讓司令部產生這樣的錯覺，勢必不能讓假面卿到場攪和。

「……你這是要幫助我？」

「就結果來說是這樣沒錯呢。無論如何，我沒打算把妳交給殲滅物體（這玩意兒）或是假面卿。」

「唔！」

嬌小的公主垂下頸脖。

和姊姊愛麗絲相比，她的身材還顯得相當稚嫩，聲音和五官也是稚氣未脫。

「……伊思卡。」

希絲蓓爾以無力的嗓音呼喊著他的名字。

「你這人實在太狡猾了。就是因為你總是做些耐人尋味的行動，總是展現那份溫柔，所以我才會忍不住想依賴你……」

「這基本上是兩碼子事啦。」

機兵發出了運轉聲。

而就在同一時間，伊思卡蹬地衝了出去。

殲滅物體揮落強化陶瓷巨劍，而握住這把劍的，則是殲滅物體從背部長出的鋼鐵手臂。

「音音，照老樣子上。」

「包在音音我身上吧，伊思卡哥！」

他獨自朝著殲滅物體正面衝去。

……它啟動自動排除模式了。

……不會有錯的，我已經被這傢伙視為敵方了。

畢竟所謂魔女的同伴──

就代表是帝國的敵人。

──轟！

破風之聲擠壓著大氣。

漆黑的機兵與黑夜融為一體，其手上握持的巨劍同樣是深灰色。即使難以辨識出招的軌跡，伊思卡仍劈下了黑色星劍。

「喝！」

『──────』

舉世無雙的一對星劍。

另一邊則是凝聚了帝國技術大成所打造的強化陶瓷巨劍。兩把同樣能斬斷鋼鐵的高強度刀刃，就這麼殺向了彼此。

不，兩把刀刃最後呈現出互擊的狀態。

「……唔？」

金屬相互摩擦的尖銳聲響迴蕩在耳邊，而伊思卡的身體則是飛上半空，眼看就要砸向圍繞著鑽油機的鐵圍籬。

「伊思卡哥！」

「伊思卡！」

音音和希絲蓓爾同時喊道。

伊思卡則回應了兩人的吶喊，在空中以輕靈如貓的身法翻了個身，在千鈞一髮之際，以雙腳踏在險些撞上的鐵圍籬上頭。

……簡直像是老虎和老鼠的對決。

……雖然早就明白了，但僅憑人類（我）的力量是沒辦法一戰的。

這臺鋼鐵機器不僅具有接近一萬公斤的重量，還擁有足以驅動這副軀體的強大動能。即使與這種東西比拚力氣，也只會落得全盤皆輸的下場。

「沒辦法預判動作這點也很棘手啊……」

人類在由靜轉動之際會有「蓄力」的動作，但這玩意兒卻沒有類似的機制。

加上鋼鐵手臂是從背部延伸而出，是以出劍的軌跡極為詭異，這與人類劍士在先天上有著根本上的不同。

「再來一次——」

他將白之星劍收回劍鞘。

在對手並非星靈使的狀況下，白之劍很難有大顯身手的機會。他讓空出的左手挪向右手，以雙手撐住了黑之劍。

「我在這裡！」

他閃避了強化陶瓷巨劍的攻擊距離，跑向殲滅物體的側面。趁巨大機器人來不及跟著伊思卡轉身的瞬間，星劍已經對準了鋼鐵製的腿部砍了下去。

——鏗！

星劍之刃被阻擋了下來。

那是殲滅物體從背部延伸而出的另一隻手——以反星靈盾牌形成的壁壘。

「……這還不是單純的反星靈盾牌啊。」

用以反制魔女和魔人的反星靈盾牌，其目的在於阻擋「火焰」、「寒冰」或是「雷電」一類的星靈能源，但也因此在強度上就顯得差強人意，頂多僅能擋下手槍子彈而已。

「只砍出一點傷害啊……」

厚重的盾牌上，被劃出了一道淺淺的劍痕。

究竟該劈砍多少次，才能把那面盾牌澈底砍破？

「伊思卡！你、你怎麼會表現得如此綁手綁腳呀！」

退到鐵圍籬處的希絲蓓爾高聲喊道：

「你這樣也配作使徒聖嗎！你應該有……更加厲害的招式吧？就沒有用來反將對手一軍的絕技嗎！」

「絕技？」

「就、就是絕技沒錯！」

「沒那種東西。」

「咦咦咦咦咦！」

「因為我是專剋星靈使的類型。」

他師從有帝國最強劍士之稱的男子後，便一直朝「這種方向」進行鍛鍊。

若對手是星靈使的話，即便是始祖的後裔也不足為懼——

但換作是一般情況下的接近戰，那就並非如此了。

倘若讓所有使徒聖進行一場大混戰，伊思卡的排名大概會落在中段班，而不是最頂尖的那一批吧。對於身為劍士又握持專門克制星靈術星劍的伊思卡來說，這是理所當然的宿命。

「那、那是什麼意思？什麼叫專剋星靈使……」

「就如妳所見啊。」

……我雖然沒在希絲蓓爾的面前戰鬥過。

……但她沒從姊姊（愛麗絲）那邊打聽過嗎？

仔細想想，純血種琪辛也對伊思卡的劍毫不知情。他原本以為繼承了始祖血脈的王室，理應會共享星劍的祕密才對。

「老實說，我不擅長對付這種魁梧皮厚的對手。」

「……那、那該怎麼辦呢？」

「音音！」

伊思卡一個後跳躲避陶瓷巨劍，同時放聲吼道：

「還要幾秒！」

「可以上囉。位置情報傳輸完畢！」

馬尾少女大聲回應。

「雖然是急就章的調整，但這樣應該就能修正路徑了！」

她將手掌直直伸向半空。

也不曉得魔女公主（希絲蓓爾）是否察覺到她小指上戴著機械戒指，以及戒指正閃爍著光芒一事——

「衛星『占星四書之星』，發射高速穿甲彈！」

——破碎。

在音音吶喊的那一瞬間，殲滅物體手中的反星靈盾牌立刻化成了無數碎屑。

摧毀盾牌的是自超高空投下的砲彈。從比雲朵還要高之處所投下的砲彈，經過極為精確的瞄準後，一舉擊穿了目標。

「咦……？咦……發生什麼事了？」

希絲蓓爾瞪大了雙眼。

究竟發生了什麼事？這裡是沙漠的正中央，砲彈是從哪裡飛來的？周遭也看不到能擊發穿甲彈的戰車啊？

然而——

能使其化為可能的，正是衛星兵器『占星四書之星』。這顆衛星過去曾由帝國的兵器開發局升至空中，並交付給身為機工士的音音進行實驗測試。

這顆衛星兵器會配合音音的所在位置，自行在空中移動。

宛如黏著主人不放的寵物一般。

「第九〇七部隊（我們）的主要火力不是我，而是音音喔。」

「再來一擊！」

第二顆砲彈將陶瓷巨劍也炸得粉碎。

——穿甲彈。

其目的為「貫穿裝甲」。

這種砲彈極硬且重，並承載著自高空落下的加速度，一舉破壞了殲滅物體的劍與盾。

「子彈還剩下一顆，伊思卡哥！」

「我知道。」

第三顆砲彈將會摧毀殲滅物體的外部裝甲，而伊思卡則會上前破壞顯露而出的動力引擎。

就在這時——

傳來了釋出空氣的「噗咻」聲。

殲滅物體發出了劇烈的聲響，彈開了包覆在身上的裝甲。

「太好了，成功摧毀外部裝甲了！伊思卡，快點把那臺機器人給——」

「…………」

「伊思卡？」

「不，妳說錯了喔。」

對於希絲蓓爾的提問，給予回應的人是音音。

「音音我還沒有下達第三次發射的命令。那不是音音我的穿甲彈造成的。」

「究、究竟是怎麼一回事……！」

『裝甲分離。』

漆黑機器人發出了電子嗓音。

宛如皮膚逐漸剝落一般，籠罩著巨大機器人的外殼逐一彈開，紛紛掉落在地。

……怎麼回事，它自行拆下了裝甲？

……我可沒在戰場上看過這種自動模式的情況啊。

音音也一樣。

她像是在仔細推敲眼前的機器人究竟處於何種狀況似的，正吞著口水直盯著瞧。

『停止第一階能量供給。轉為第二階能量。』

原本用於狩獵魔女的機兵——

在劍與盾遭受破壞後，竟然自行拆除了守護自己的裝甲，轉化為不同的姿態。

「這、這臺機器人是怎麼搞的！伊思卡！」

「……我也是頭一次看到這種殲滅物體。」

兩腳行走的機械獸——

在盔甲崩落後，顯露出來的是宛如野獸口腔般的巨大空洞。就在這時，伊思卡看到空洞裡冒出了古怪的藍白色火花。

「那道光是怎麼回事……」

從機器人全身上下散發出來的光芒，逐漸匯聚到巨大的口腔中心。就在夜晚的鑽油井被這宛如白晝的光芒照得通明之際——

「這是怎樣……伊思卡哥，這道光芒很奇怪，威力太大了！」

音音扯著嗓子大喊。

她面對足以灼燒眼瞼的強光，瞇細眼睛說道：

「那不是電力，也不是燃料！怎麼回事……如此強大的能量究竟……」

「『是星靈能源的光芒呀』！」

寒毛直豎。

在希絲蓓爾尖叫的同時，伊思卡卯足全力衝向了音音。

「音音，趴下！」

他抱住馬尾少女的瞬間，隨即朝著堅硬的地面撲了上去。

『星體分解砲。』

那是——

以閃光之姿發起的「某種攻擊」。

隨著尖銳刺耳的聲響響起，帶狀的光芒噴射而出，掃過了趴伏在地的伊思卡和音音的上空位置，一路轟向位於深處的鑽油機。

光芒將鐵圍籬燃燒殆盡——

就連鋼鐵製的巨大吊臂，也像是奶油一般被燒融成上下兩截——

射向遠方的帶狀光芒，甚至將虛空都燒出了焦味。

在一瞬之後——

鑽油井爆出了直衝天際的巨大火柱。

烈火和火星熊熊燃燒的這幅光景——

逐漸轉化為如同第十三州失火的監獄塔一般的慘狀。

……光是一發就有這種威力？

……那道閃光僅憑熱能就能融掉巨大的鋼鐵，還能引發這麼大規模的火災嗎？

這可不是開玩笑的。

要是在戰場上轟出這種攻擊，就連帝國兵同袍們也會遭受波及而全軍覆沒。

「伊思卡哥。」

火星照亮了音音變得蒼白的臉孔。

她的指尖所對準的，是脫去外部裝甲後，變得纖細的殲滅物體。

「那臺機器人裡面一定藏著某種東西。」

「……是啊。」

伊思卡握緊了星劍。

額上所滲出的冷汗，究竟是被這場大火逼出來的，還是說——

「殲滅物體！那道光芒是……」

他放聲吼道：

「『你的內部到底藏了什麼東西』！」

＝＝

鑽油井的入口一帶——

在路燈的照明下，兩名帝國兵跑進了鐵皮搭建的倉庫之中。

「阿……阿陣，不妙，要被追上了！」

「隊長，往這裡跑，動作快！」

他們分別是一臉痛苦地跑在柏油路上的嬌小女隊長，以及跑在她身旁的銀髮狙擊手。

兩人躲進了倉庫內側。

即使是大放光明的鑽油機燈，也照不到倉庫裡頭。若是找好掩體，就算是野獸也找不出兩人的身影吧。

「應、應該沒被發現吧……」

「別把臉露出來。還不曉得那些傢伙的星靈能力為何。」

若是有偵察和索敵類的能力，說不定能感應到潛伏在這裡的熱源。如今只能祈禱對手之中不具備這種能力了。

「帝國掌握的星靈能力不過是九牛一毛，就算同樣寄宿了炎之星靈，其能力也是千差萬別。這時候還是謹慎為上。」

「……好、好的。」

戰戰兢兢地回話的米司蜜絲，在黑暗之中緊盯著陣的右手臂。

戰鬥服呈現受損的狀態。

位於右手肘部分的布料已然破損，裸露出來的手臂滲出了少許鮮血。

「那、那個，對不起喔……都是人家沒察覺到的關係……」

「那也是沒辦法的事。若我和隊長的立場互換，也絕對躲不過那一招。是說，我也未免太鬆懈了，明明從伊思卡那邊探聽過情報了。」

「要小心假面男子的能力」——

那是在眾多星靈之中也極其罕見，能干涉空間的能力。他能像是跨越空間般傳送位置，繞到目標的背後，而且還能不發出一點聲音。

「什麼叫『不打算讓這件事和平落幕嗎？』，那個滿嘴謊話的傢伙。」

假面男子和和氣氣地這麼提議後——

隨即打算對米司蜜絲來一招背襲。而在他傳送到米司蜜絲身後，正要下手之際，勉強察覺的陣開槍阻止了這一記偷襲。

「就連帝國的刺客部隊都會嚇得魂飛魄散吧。這哪還是什麼魔人，根本就是暗殺者啊。」

在結束星脈噴泉的戰鬥後，陣看到伊思卡背上的傷勢，以為自己眼花了。

伊思卡居然被人從背後攻擊？那個曾當上使徒聖的伊思卡？

就是綜觀帝國全土，能辦得到這件事的高手也寥寥無幾。時至今日，他內心的困惑才得以一掃而空。

「……是、是純血種嗎？」

「八九不離十吧。那種東西要是到處都有的話還像話嗎。」

被撕裂的布料底下，露出了手臂上的傷口。

陣用力按著手臂，讓鮮血從傷口噴出。考慮到匕首上有抹毒的可能，是以他採取了粗暴的療法，讓毒液隨著血液一同排出。

「但這不礙事。伊思卡和音音會摧毀殲滅物體，只要布置成他們所為，我們就能撤退了。」

對手是包含純血種在內的五名星靈使。

而己方卻僅有二人。若採正面交鋒，恐怕得背負相當大的風險。況且，己方並沒有作好上戰場的準備——畢竟他們目前還在休長假。

只要能爭取到夠多的時間就好。

但對於陣來說，他是真的很想讓對手吃一記悶虧就是了。

「隊長，妳對那個和伊思卡交談的金髮女有印象嗎？」

「啊！阿陣，你果然也留意到了呢。人家也沒見過那個可愛的女生呢。」

少女和伊思卡面對面交談了一陣子。

但在眾人接近到能聽見對話內容的距離之前，那名金髮少女就轉過身子跑走了。

「就我看來，殲滅物體似乎是追著那個女人飛去的。」

「那、那她是魔女嗎？」

「另一個證據是，假面混蛋曾說過『目的僅是帶回自己的同胞』，換句話說，他是來追那個金髮女的。」

陣從鐵皮屋倉庫悄悄探出身子。

在多次確認過被照得朦朧的路面沒有人影後，他輕輕嘆了口氣。

「還真是教人在意。她真的是那麼重要的人物嗎？」

「咦？呃……你在說什麼？」

「就算真的是魔女，那也還只是個小不點而已啊。就為了抓那種小女孩，居然出動了五名大人，而且身為純血種的假面混蛋還親自帶隊。」

「啊！這、這樣呀！」

「這代表那丫頭真的是舉足輕重的大人物。從剛才的場子來看，那不是要『帶回同胞』，而是『要用暴力把她押回去』的陣仗。能想到的可能性是……」

「還真是熱衷於推理遊戲啊。」

聲音從上空傳來。

但就算陣和米司蜜絲抬頭仰望，能看到的也只有散發著微光的星星而已。

「若是胡亂打草，反而會被蛇咬上一口喔。我勸你還是別涉入太多比較好呢。」

在鐵皮屋倉庫的屋頂。

假面男子以星空為背景，正靜靜地俯瞰兩人。

「差不多該讓你們閉嘴了。」

「——快跳！」

陣推了女隊長一把，從倉庫的暗處跳了出來。

「砰」的一聲，點燃火焰的聲響響起。而在轉瞬間，鐵皮屋倉庫就被熊熊大火包覆住。那應該是炎之星靈術所產生的火勢吧。

「你們是認真的嗎……！」

米司蜜絲甩著一頭亂髮吼道：

「這裡可不是戰場！你們居然在不屬於帝國和皇廳的國家設施鬧事……！」

「放心吧。」

假面男子從燃燒的倉庫屋頂上一躍而下。

雖然有三層樓的高度，但男子以腳尖踮地，輕而易舉地化解了墜地時的衝擊。

「會以毀損器物罪遭受通緝的，會是帝國士兵（你們）呢。而我們則是見義勇為的一行人。你們不會有為自己辯白的機會的。」

讓敗北的一方扛起所有的罪過。

就如同第九〇七部隊打算將摧毀殲滅物體的責任推到皇廳上頭一樣，這便是假面男子的逆向操作。

「所以就放心地死在這裡吧。」

白霧冉冉升起。

這怎麼看都不像是沙漠地區會自然產生的現象。白霧以異常的速度快速逼近，眼看就要包覆住陣和米司蜜絲。

「『又來了嗎』！隊長，往這邊跑！」

陣咂舌一蹬，跳出了白霧的覆蓋範圍。這陣霧也是星靈術的產物，其成分本身對身體無害。

但麻煩的是，這陣霧極為適合用來遮蔽視線，藉以施放其他種類的星靈術。

……啪嗒！

某種液體的滴落聲從身後傳來。

「阿陣，『後面已經形成好大一片水灘了』！」

「這我知道。」

綠色的液體朝著鞋底悄悄逼近。

不斷冒泡的這攤液體，恐怕是能讓人瞬間麻痺的強效毒液。一旦被毒液沾到腳底就會動彈不得，若是沾到手臂就會連槍都握不住。

「稍微有點棘手啊。」

陣咂嘴一聲。

在這種混戰下，狙擊手很難發揮出原有的實力。

研究地形——

判讀風勢——

並預判敵人在子彈命中之前那幾秒鐘之內的行動。

以一般人無法想像的集中力凝聚心神，狙殺敵陣的重要人物。

為此，必須要有前鋒掩護狙擊手。

倘若伊思卡在場，他就能接連躲過五人的集中攻擊，並想辦法製造出陣狙擊假面卿所需要的「破綻」吧。

時間與空間。

如今，狙擊手（陣）處於兩者皆缺的情況。

「讓人家當誘餌……」

「不行。這和那次的監獄塔之戰不同，想想該怎麼靠手上的牌取勝吧。」

陣在翻滾的同時架起了狙擊槍。他沒有時間窺看狙擊鏡，以不到一秒的神技瞄準了假面卿。

「哦？真是個像雜技師一樣的狙擊手。」

「別動啊。我討厭浪費子彈。」

「那就如你所願。」

假面男子的身影驀地消失。

在一瞬間的延遲之後，陣的身後傳來了輕巧的著地聲。

「放心吧，我會在你浪費寶貴的子彈前結束的。」

「這樣啊。」

陣卯足全力轉過身子。

——這就是第三次了。

——我早就料到這名魔人會積極採取背後偷襲的手法了。

他試圖擋下假面男子舉起的匕首；然而，在黑夜中閃爍光芒的匕首映入視野的一瞬間，那把刀居然從陣的面前消失無蹤。

「你以為能進行傳送的只有人類而已嗎？」

從右手傳送到左手。

他讓握在手裡的匕首穿透空間進行移動。陣原本試圖奪刃的右手撲了個空，隨即被匕首深深地刺了一刀。

「————阿陣！」

「這下你就握不住狙擊槍了。」

「『我也不需要啊』。」

他舉起左手。

握在銀髮狙擊手掌心的，是剛好能隱藏其中的小型手槍。

雖說威力不強，但在這麼近的距離底下就沒有失手的問題了。

「怎麼會！」

「我不是說過了嗎，你是那種腦子動得快，但很不會掌握要領的類型啊。」

假面男子想必預料到狙擊手會提防自己的背後偷襲吧。

就算揮下匕首，也沒辦法對其造成致命傷；既然如此，那就瞄準用以支撐狙擊槍的右手臂。一旦封住了武器，那麼他也就不足為懼。

在假面卿靈機一動的同時，陣也分秒不差地完美地追上了他的心思。

「居然看穿了我的——」

「那是當然。」

空間傳送已經來不及了。

——開槍。

火藥爆炸的聲響響起，陣的子彈擊發而出。必然命中，而且沒有護身的手段。就在假面卿本人也作好覺悟的那一瞬間——

子彈停了下來。

金屬刮擦的聲響。

假面卿的黑衣底下，藏在布料後方的某個物體擋住了陣的槍擊。

「……什麼！」

「真不走運啊，帝國兵。哎呀，你在思路方面的爆發力真是讓人害怕。」

黑衣的胸口部位被開了個洞。

從中顯露出來的，是被子彈打壞的小型機器——「錄下伊思卡和希絲蓓爾對話的錄音機」。

雖然損失了將希絲蓓爾定罪的證據——

但假面魔人卻因此獲得了勝利。

「星星是對著我微笑的！」

他揮拳打落陣的手槍。

「住手——！」

「太遲了。」

假面男子將企圖衝上前來的米司蜜絲踹倒在地，輕鬆寫意地向後退去。

胸口捱了一槍的衝擊，似乎讓他身形有些不穩。

「帝國兵身上要是藏有手榴彈的話，可是會引爆的。我等會兒就去疏散附近的民眾吧。」

「……你說……什麼？」

陣以手背擦去嘴角滲出的血液。

「引爆？」

「沒錯，我可是費了一番好功夫，才鎖定出你們躲藏的倉庫呢。而在腹地裡四處搜索的期間，我找到了這個玩意兒。」

匡啷——巨大的油桶滾落在路面上頭。

油桶的蓋子遭到撬開，裝在裡頭的液體緩緩地覆蓋了路面。而油桶裡頭散發著強烈臭味的黑色液體是——

「是汽油嗎！」

「這裡是鑽油井，所以會有石油製品置放在此地也是理所當然的吧？」

總量有兩百四十公升之多。

從油桶傾洩而出的汽油，已在轉瞬間形成了如小規模湖泊般的水灘。

——而且還將陣和米司蜜絲包圍起來。

與他們對峙的五名星靈使，全都站在距離汽油湖泊有些距離的位置。這代表的意義是——

「過去，偉大的始祖大人曾於百年前讓帝都化為一片火海，重現當年的奇觀倒也是個不錯的選擇。」

假面男子抬高雙掌。

「就讓你們嘗嘗我等星靈使的復仇之火吧！」

不妙。

銀髮狙擊手咬緊了牙根。

「隊長快逃！會被火勢包圍的！」

「…………」

「隊長？」

「……我不要！」

藍髮的女隊長抱住了陣的背部，絲毫沒有鬆手的意思。

「人家不會一個人逃的。」

「唔！」

毒素讓陣的雙腿劇烈地抽搐著——

那正是剛才被假面卿刺傷的匕首所帶來的毒性。

匕首的刀刃上，塗抹了以毒之星靈製造出來的強效麻痺毒。毒素正以陣的手臂為中心，朝全身上下擴散而去。

星靈之毒想必會在幾小時內消失殆盡。然而，再過不了幾秒，陣就會落得葬身火窟的下場——米司蜜絲已然察覺到這一點。

「我一點事也沒有啦，快跑。」

「你騙人！阿陣，人家不要————！」

「何等美麗的愛……雖然很想這麼稱讚，但這樣是救不了部下的喔，無力的隊長小姐。」

背對月亮的假面卿打了個響指。

向站在身後的炎之魔人下令。

「點火。」

緊接著——

什麼事也沒有發生。

「…………這是發生什麼事了？」

假面卿在些許焦躁感的驅使下，轉身看向身後的護衛們。

他對著四名護衛的其中之一開口道：

「你沒聽見我的命令嗎？」

「真……真是非常抱歉……！」

由於戴著全罩式頭盔，所以看不清楚那人的長相，但從那吞吞吐吐的話語聲判斷，那人似乎是一名年輕女子。

「……小的使不出火焰！」

「什麼？」

身穿獸皮飛行裝的魔女，摘下了手套扔在地上。

她的手背上浮現深紅色的星紋。星紋像是在對假面卿傾訴著什麼似的，正發出耀眼的光芒。

星靈術已然發動，卻使不出火焰？

「那妳——」

「我、我的星靈術也施展不了……！」

回答的是另一名魔人。

星靈術無法施展。即便星紋閃爍著再刺眼的光芒，也只有舒適的微風拂過頭髮而已。

「……不對，等等，『這陣風是怎麼回事』？」

佐亞家的純血種抬起臉龐。

他注意到吹拂於周遭的風並不冰涼。沙漠夜晚的寒冷程度堪比冰天雪地，而吹拂而過的風應當也會受到影響，降到錐人心肺的溫度才對。

然而，這陣風卻並非如此。

那和煦溫暖的溫度，讓人聯想到春天的徐風。

「這不是沙漠吹來的風。這陣風…………難道說！」

五名星靈使的眼睛注視起同一處。

帝國人——

被涅比利斯皇廳視為敵人的帝國軍人，也就是那名女隊長的左肩。

「那星紋是怎麼回事！」

熠熠生輝的綠色光芒自米司蜜絲的左肩顯現，並在勾勒出漩渦狀的軌跡後充斥於大氣之中。

這道微風，就是從大氣之中的氣流產生的。

星星的指引——

並沒有對把星脈噴泉當成處決道具的假面卿展露微笑。

——星星選上了獻身於星脈噴泉的女子。

「原來如此。」

假面底下滲出了冰冷的笑意。

「從星脈噴泉生還的帝國人，想不到居然會『變成這樣』，就連我也沒算到這一點。不過，這陣風是怎麼回事？雖然看起來是風之星靈的衍生型態……」

並不是單純的起風能力。

若是能引起強風的能力，就無法說明炎之星靈術無法發動的現象了。

「帝國隊長，妳可有認知到寄宿己身的是何種星靈？」

「——」

對此，女隊長只是咬緊牙關沒有回應。

她恐怕連自己也不明白發生了什麼事吧。毋寧說，她更像是在困惑假面卿為什麼遲遲不發動攻勢。

「看來是『即將覺醒』的階段啊。」

他用手指輕敲了一下假面。

「這不是很有意思嗎？居然熬過了星脈噴泉的審判。我本人雖然有些無法接受，但是，帝國隊長啊，妳已經被星星選上了喔。」

「……」

「而我對妳的星靈實在是深感好奇。不如這樣吧，妳就來我——」

槍聲。

陣所發射的子彈，不偏不倚地打穿了純血種的假面。

「給我閉嘴。」

在米司蜜絲從身後緊緊抱住自己的狀態下。

銀髮狙擊手咒罵道：

「不准你用那些下三濫的話術玷汙我們家隊長。」

……劈哩。

隨著一聲清脆的響聲，金屬製的面具從中裂成兩半。

毀損的面具掉落在地。

就在真面目即將曝光之際，假面男子以一隻手按住了自己的臉孔。

「原來如此。」

那是教人內心發寒的冰冷話語。

比閃爍的星光更為璀璨的眼神，從蓋住臉孔的指縫中透了出來。

「……各位，看來是撤退的時候了。我們在這邊花掉太多時間了。」

他對背後的四名部下說道。

「然後，我希望你們牢記在心。」

他接著對眼前的兩名帝國人開口說：

「這是一場愉快的夜會。作為回禮，我總有一天會招待兩位光顧我的研究室。那是個非常完美的房間，不僅密閉得澈底，隔音效果也是一等一。就算你們在房間裡哭天喊地，聲音也絕對不會傳到外面。」

「這是在恐嚇我們嗎？」

「幫我向希絲蓓爾帶個話──『妳永遠也找不到同伴，就算回到祖國也不會好過的。』」

「……希絲蓓爾？」

陣的低喃沒有得到回應。

黑衣的純血種就此領著部下們離開鑽油井。

「他、他們走掉了……？」

「該去追伊思卡了。」

「等、等一下啦，阿陣，得先幫你止血才行！」

米司蜜絲隊長指著依然滴著血的右手臂，扯開嗓子喊道：

「快把外套脫了！總之得把血止住才行！」

「這點小傷，抹點口水就能治好了。」

「治不好的吧？你在說什麼啦，這是隊長的命令——」

在這一瞬間——

腹地深處竄起了一道灼燒天際的火焰。

烈焰沖天。

「咦？那、那是怎樣……！」

「是假面混蛋下的手嗎？不對，那和他們離開的方向相反……是殲滅物體飛行的方向？」

「難道是阿伊和音音小妹嗎！」

「隊長，麻煩妳止血了。用最快速度做最小限度的包紮吧。」

他用勉強才能動的左手臂拾起狙擊槍。

並拖著中毒痙攣的腿部前行。

「我們也追上去。」

3

火焰灼燒的聲響接連傳來。

烈焰宛如浪濤般，朝天空延伸而去，並有數以千萬的火星從空中灑下。

「……這裡可是石油的鑽油井。」

仰望著火牆的希絲蓓爾渾身發抖。

「要是火勢點燃了石油，我們想必會葬身火場吧……」

「有危險的可不只我們幾個而已。要是石油引爆的話，可是連郊區的住宅區都會被炸成一團火球的。」

伊思卡揮劍打落從頭上灑落的火星，擺出了架勢。

觀光勝地恐怕會在今晚化成一片灰燼吧。

……是帝國的誰下的指令？是司令部？還是八大使徒？

……到底是誰派出如此兇惡的兵器？

殲滅物體。

不對，殲滅物體只是「魔女獵手」機兵的統一稱呼。這臺機兵是另一種存在——連帝國士兵都無從知曉的神祕物體。

『再次切換能源，與「核心」直接連結。距離星體分解砲發射還有五秒。』

機兵突出的胸口部位，其洞孔狀的內側發出了光芒。

「是剛才那一招嗎……！」

「不會吧！都發射了那種超強烈的能量，換作一般的兵器早該癱瘓了啊！」

身為一流機工士的音音伸出手指。

她對準了正在壓縮光芒的殲滅物體。

『星體分解砲。』

「高速穿甲彈！」

轟！

被裝甲包覆的機兵單膝跪地。

從音音的衛星兵器所發射的砲彈，將機兵的背部刨出了一個巨大的坑洞。原本即將匯聚完畢的閃光，也開始慢慢向四周散去。

「太好了，總算勉強阻止了！」

「音音，時機抓得正好。」

若要再次補充能源，就得耗上一些時間。

既然堅硬的外殼已經剝落，那伊思卡的星劍就有可能加以摧毀。

『解放所有機能。』

就在伊思卡即將跨步的那一剎那。

——釋出十二枚衛星端子。

裝甲再次剝落下來。

這次發出聲響掉落的並非厚重的外殼，而是位於內側的細薄內裡。

銀色的花瓣形成了風暴——

十二枚銀色的機械片宛如被強風吹起的櫻花瓣，在殲滅物體的周遭環繞飛行。

就像是衛星一般。

或像是環繞著巨大衛星的小型天體。

「居、居然還能變換姿態嗎！」

「伊思卡哥，別去，那些全都是感應器！只要靠近就會被射中的！」

「……音音，那是什麼意思？」

馬尾少女再次將嵌在手指上頭的戒指對準目標。

穿甲彈已經用完了。

衛星兵器搭載的彈種之中，還能對殲滅物體造成有效攻擊的是──

「手榴彈！」

高性能的炸裂彈從天而降。

能引發小規模爆炸的這種子彈，能對除去兩層裝甲的殲滅物體造成足以澈底癱瘓的破壞力。

然而──

『星體分解砲。』

十二道閃光貫穿夜空。

飛在空中的衛星端子同時綻放光芒，精確地射穿了墜落的手榴彈。隨著「滋──」的聲響，

手榴彈就此蒸發在夜幕之中。

「居然打下來了！」

「……真的被打下來了呢。」

音音苦澀地咒罵道。

在這片黑夜之中，那玩意兒居然能將從上空墜落的超高速手榴彈打落下來。

「伊思卡哥，說什麼都不能靠近！現在還看不出那些感應器的具體範圍，要是被逮到的話，可是會被閃光（雷射）切成碎片的！」

「還真是犯規的兵器啊……」

以光速釋放出來的十二道光芒。

就算強如伊思卡，也不可能躲過以光速擊發的箭矢吧。

「音音，就不能想想辦法嗎？有沒有放倒這傢伙的手段？」

「……陣哥在的話。」

音音瞪著逐漸逼近的殲滅兵器說道：

「音音我的『星星』只能從上空扔出炸彈，但陣哥說不定能找到死角展開狙擊。」

找出飛在空中的十二枚衛星的空隙，以細如針孔的精確度射出子彈。

這樣的狙擊所需要的，乃是近乎奇蹟般的絕佳時機和出神入化的射擊工夫。即使交付給一流的狙擊手，想必也難以使出如此驚世駭俗的神技。

然而，陣卻有可能完成這項使命。

「音音——」

「我知道，伊思卡哥在這裡撐著。音音我這就去尋找隊長和陣哥！」

少女大大地甩著馬尾疾奔而出。

她的身影在轉瞬間就融入了黑夜之中，但重量驚人的兵器也逐漸接近兩人所待的鐵圍籬。

伊思卡和希絲蓓爾已經沒有退路了。

『再次切換能源，與「核心」直接連結。』

這時，殲滅物體的本體開始發出光芒。

『距離星體分解砲發射還有十五秒。』

「它還有剩餘的能量發動攻擊！」

這實在太過異常了。

不只能讓十二顆零件各自發出光芒，還能同時由本體射出那道蘊含強大能量的雷射嗎？

……要是再讓它使出一次。

……那我們不管是閃躲還是捱招，都同樣是死路一條啊！

閃光若是掃中石油，就會引發劇烈的爆炸。

只能在十五秒內徹底癱瘓殲滅物體了。然而，本體身旁卻有著由衛星構築而成的銅牆鐵壁。

「可惡……」

陣有可能在十五秒內趕回這裡嗎？

機率是零。不可能。就算真的趕回來了，也不可能在十五秒內完成狙擊。既然如此，眼下還能採取的手段就是——

「伊思卡，跑起來！」

始祖的後裔——希絲蓓爾・露・涅比利斯九世。

惹人憐愛的金髮魔女，露出了豁出性命的神情喊道：

「……我還不能死在這裡。我也下定決心了！」

「希絲蓓爾？」

「總之，得先熬過眼前的難關才行。我要拿出壓箱寶了！」

窺探過去——就在不久前，她曾向伊思卡透露過星靈之力的祕密。

那能幫上什麼忙？

他不認為希絲蓓爾的力量能在這緊要關頭發揮作用。然而——

少女的雙眼為何閃耀著光彩？

「燈啊，喚回星星的榮耀時刻吧！」

她宛如在引吭高歌似的哼唱。

魔女的胸口綻放出強而有力的星之光芒。這便是燈之星靈回應主命，發揮出真正價值的那一瞬間。

『大星祭，被所有一切遺忘的孩子們。』

橫跨悠久的時光洪流。

偉大母星的過去「身影」和「聲音」——**被召喚了過來**。

——大規模的沙塵暴。

強風吞噬了殲滅物體。

大量的沙子與砂礫被強風颳起，使得飛在空中的十二枚衛星全數染上了一層沙色。

「沙塵暴？」

「這只是影像喔。是一百五十年前於此地颳起的傳說級沙塵暴。」

「……這也算是影像嗎？」

四周沒有起風。然而怎麼看都是實體的大量沙塵飛舞於半空、掩蓋視線，就連強風的呼嘯聲都如實重現。

怎麼看都不像是冒牌的沙塵暴。

就連伊思卡也沒能在受到提醒之前看穿真偽。

「燈之星靈的本質，乃是『召喚現象』呢。由於能喚出的僅有身影和聲響，為了方便解釋，我就稱之為影像了。」

……要是沒提醒我的話，肯定無法識破。

……這已經是催眠術或是幻術的領域了。

若是在戰場上發動這種能力，就能對敵我雙方造成無差別的巨大混亂吧。

而殲滅物體也不例外。十二枚衛星被沙塵暴遮蔽視野，使得感應器的機能受到嚴重的妨礙。

「這是我唯一的自衛手段。如此大規模的現象再現，我甚至沒展示給女王看過，所以還請你保密。」

希絲蓓爾先是嫣然一笑，接著斂起嘴角。

「還剩九秒！你現在不會被感應器攻擊了！動作快！」

「——知道了。」

他闖進沙塵暴之中。

數以億計的沙子埋沒了視野，強風的呼嘯聲敲打著耳膜，但伊思卡仍筆直前行。

由沙子構成的風暴。

在其深處，可以看到被眾多衛星守護的殲滅物體。

機械兵捨棄了所有的外部裝甲，如今化為人類一般的纖瘦身形。伊思卡以核心部位閃爍的星靈能量之光為目標——

「我要上了。」

蹬地衝出。

這一瞬間，殲滅物體將身子轉了過來。即使身陷如此劇烈的沙塵暴之中，十二枚感應器仍察覺到以高速逼近的氣息。

『星體分解砲。』

光芒綻放。

被極度壓縮的閃光，如今擊穿了朝殲滅物體逼近的輪廓。

而那身影——

並非伊思卡。

閃光擊穿的，乃是跑在伊思卡身旁的大型肉食動物的影像。

『？？？』

「那是蛇王喔。在一百年前，這座沙漠還是蛇王的地盤呢。不過，這些資訊想必沒有輸進殲滅物體（你）的體內吧？」

魔女揭露答案。

希絲蓓爾能重現的不只是沙塵暴而已，她同時召喚了曾在這片沙漠中稱王的徊獸。

沙塵暴隱藏了伊思卡的身影。

蛇王則是成為伊思卡的替身。這是雙管齊下之策。

「知識就是力量。重新把這片土地的歷史好好鑽研一番吧。」

劍光一閃。

伊思卡的星劍紮實地破壞了殲滅物體的核心。

『————』

漆黑的機兵仰躺倒地。

在撞上堅硬的地面後，原本於胸口大洞閃爍、看似星靈能量的光芒也跟著消滅，而殲滅物體也就此不再動彈。

「打、打敗它了嗎……」

「總算是擺平了呢。真是個強度超乎想像的誇張對手。」

但光是擊倒還不夠。

他接下來還得偽裝成「破壞殲滅物體的乃是皇廳星靈使」的假象。

機兵的胸口還留有伊思卡的刀痕，背部則有被音音擊發的穿甲彈產生的窟窿。得遮掩這些痕跡才行。

「還有，我得確認這傢伙的內部狀況。」

他俯視著一動也不動的機兵說道：

「這東西的體內發出了奇怪的光芒，妳也看到了吧？」

「……和星靈能源十分相似呢。」

「我也覺得是同樣的東西。那絕對不是電力產生的光芒。」

若要調查的話，應該得從內燃機著手才是。音音很快就會帶著陣和米司蜜絲隊長回來了。音音應該就能——

『無法行動。釋放核心「■■■■之獸」。』

那是制式化的聲音。

在感受到機械兵體內誕生的存在時，伊思卡的背脊竄過了一道寒意。理當無法行動的機械兵，其體內深處產生了氣息。

這道寒意究竟從何而來？

「這、這到底是什麼光……不對，是火焰！」

希絲蓓爾聲嘶力竭地大喊。

機械零件和零件之間的接縫處——

只見一道藍色火光宛如外洩的蒸氣般，正從裂痕之中向外竄出。理當一度消褪的星靈能源也再次燃燒起來。

而這次光芒膨脹的速度遠勝先前。

……不曉得會發生什麼事。

……不行，這下沒空慢慢調查這東西的真實身分了！

這很危險——從全身上下狂洩而出的冷汗這麼警告著自己。

「快離它遠點！」

「好、好的！」

兩人同時邁步衝出。

然而，少女（希絲蓓爾）沒跑上幾步便雙膝一軟，頹坐在地。從小在王宮長大的公主，在崎嶇不平的路面跑上好一陣子後，雙腿累積的疲憊感已然達到了極限。

「等、等等我，伊思卡！」

「……希絲蓓爾！」

他轉頭看向發出慘叫的少女。

但為時已晚。機械兵體內流洩的光芒，在這時迎向了臨界值。

「救救我——」

光芒（閃焰現象）炸裂。

從機械兵體內迸出的爆炎劇烈膨脹，眼看就要包覆周遭的一切——

「想對本小姐的妹妹做什麼？」

「『凍結吧』。」

冰壁憑空出現。

美麗得舉世無雙的冰塊昂然矗立，彷彿化為守護伊思卡和希絲蓓爾的城牆。冰牆抵擋住劇烈膨脹的火焰，而散發的寒氣也同時抹去了熱浪。

「……姊姊大人！」

「希絲蓓爾，本小姐可是找妳找得好久啊。」

愛麗絲莉潔·露·涅比利斯九世。

看到美麗的姊姊在沙漠的夜風中乍然現身，希絲蓓爾不禁睜大雙眼。

「您、您為何會在這裡？」

「因為我有話要和妳說呀，但這暫且不提……伊思卡，這到底是怎麼回事！」

喘著氣的愛麗絲轉過身子。

她望向握著劍的帝國劍士。

——冰禍魔女愛麗絲很清楚。

——黑鋼後繼伊思卡之所以投身戰場，為的是親手活捉純血種。

——難道說，想對妹妹下手的帝國軍人就是伊思卡？

「『似乎不是這麼回事呢』。」

在凝視伊思卡一陣子後，愛麗絲皺起了眉頭。

妹妹（希絲蓓爾）的敵人並不是他（伊思卡）。

畢竟此時此刻，希絲蓓爾本人正倚在他背上，像是要藏起自己的身子似的。

「本小姐要你用一句話說明現況。到底出了什麼事？」

「妳用看的就知道了吧？」

在光芒炸裂的另一側。

煙霧和火焰散去後，覆蓋了一層夜色的發光物體緩緩地爬了出來。那散發著昏暗藍光的物體，有著人類般的輪廓——

殲滅物體的核心。

其全身上下正散發著與星靈能源極為相似的光芒。

「那東西看起來像是同伴嗎？」

「……幸好它長得一副敵人的模樣。總而言之，現今的首要之務，就是打敗那個半人半鬼的

東西對吧？」

愛麗絲老神在在地點了點頭，轉身看向發光物體。

鬼魂——

散發著朦朧光芒的人形輪廓，確實很符合「半人半鬼」這個形容。然而，持續散發著星靈能源的來源又是什麼來頭？

「速戰速決就行了吧？就由本小姐——」

『再次切換能源。』

擁有人形輪廓的發光物體，將掌心對準了愛麗絲。

『準備發動星體分解砲。』

「不行！姊姊大人，快逃！」

「咦？」

希絲蓓爾的驚呼聲，只換得了愛麗絲眨了眨眼的反應。

「妳在說什麼呀，希絲蓓爾。有本小姐出馬的話，這種貨色只要三兩下——」

「愛麗絲！」

伊思卡對著敵國的公主大吼。趕不上了。以愛麗絲的腳程估算，就算她立刻轉身逃跑，也快不過閃光瞄準的速度。

「花！立刻展開那一招！」

「伊、伊思卡，你在胡說什麼啊？那是本小姐的奧義，怎麼可以輕易……」

「快點！」

魔女公主愛麗絲莉潔的「冰花」。

在並非戰場的地點施展自己的絕技，當然會有所猶豫。

然而，她對勁敵（伊思卡）的信任，跨過了這一層猶豫。

——他（伊思卡）都這麼說了。

——那就一定有理由。

『星體分解砲。』

「綻放吧！」

隨著一陣巨大的悶響聲。

一面巧奪天工的美麗鏡盾豎立在愛麗絲的眼前。

——冰花。

寄宿於愛麗絲莉潔・露・涅比利斯九世身上的乃是「冰花星靈」，這登峰造極的星靈術體現出它的本質，以美麗無比的巨大冰花之姿現形。

這面盾牌擋下了能將巨大一分為二的閃光，將其彈向了斜後方。

「……好厲害。真不愧是姊姊大人。」

「────」

「姊姊大人？」

就在希絲蓓爾吞著口水旁觀之際──

當事人愛麗絲的嘴唇變得蒼白如冰。

要是展開的速度再慢上一瞬，那道光芒就會貫穿自己的全身。正如伊思卡所言，除了冰花之外，她沒有能夠抵禦那道閃光的其他手段。

這是極為驚險的死裡逃生。

「……太大意了呢。」

金髮少女瞇起雙眸。

「因為不是戰場的關係，所以一時之間動不了真格呢。」

愛麗絲以冰禍魔女──被帝國恐懼的純血種魔女身分，在臉上顯露出決定「動真格」戰鬥的表情。

「退下，希絲蓓爾。這個對手有點危險，本小姐要一招解決它。」

她將食指指向殲滅物體。

她不打算手下留情，要一鼓作氣地使出全力。但相對於戰意高昂的愛麗絲，殲滅物體的反應卻是極為突兀。

『能源存量抵達下限。』

「……？」

『「倒數十秒」。』

它發出制式化的聲音，接著飄浮起來。

就在殲滅物體發出倒數，自柏油路上飄起身子的同時，伊思卡也咬緊嘴唇抬頭仰望。

……和音音說的一樣。

……單一的兵器個體不可能持續發射那麼強大的能量。

殲滅物體幾乎已經耗盡了能量。

在這種局面下，八大使徒會對利用完畢的兵器所下達的「決定」僅有一種。

「那傢伙要自爆了！」

「怎麼會！」

「……你說什麼！」

魔女姊妹同時皺起臉龐。

這裡是鑽油井。雖然不曉得爆炸的規模會有多大，但肯定能將鑽油場的倉庫屋頂澈底掀飛。

四面八方都會陷入火海。

即使強如愛麗絲，也沒辦法在一瞬間鎮住這麼大規模的火勢。

『倒數八——七——』

為此，只能在倒數結束前將它澈底摧毀。伊思卡和愛麗絲都在沉默之中達成了共識。

「冰禍．千段劍扇舞！」

數以千計的藍色子彈——

以超低溫凝結而成的冰之子彈，在夜空中劃出了藍色的軌跡向上飛去。大批子彈宛如紛飛的細雪閃爍光芒，並精準地貫穿了殲滅物體的全身上下。

這不是普通的子彈。

愛麗絲星靈術的特性為超低溫。能讓分子運動都為之停止的極低溫寒氣，將發光體周遭的空氣直接凍結，並令其固定在空中。然而——

『倒數五——四——』

倒數卻沒有結束。

「雖然不是滋味，但沒時間了……伊思卡！往那裡跳！」

「我知道。」

在冰禍魔女轉過身子之前，伊思卡已經發足疾奔了。

「『是這片鐵圍籬對吧』。」

凍結的鐵圍籬。

那是被愛麗絲的藍色子彈擦到而凍結的一片鐵圍籬。伊思卡跳到了鐵圍籬的頂端，並當成踏臺朝高空跳去。

換作平時，鐵圍籬的強度並不足以作為踏臺。

但現在不同。

附上了一層愛麗絲的寒冰後，鐵圍籬變得堅固許多，足以承受伊思卡跳躍時的作用力。

這並不是湊巧。

冰禍魔女愛麗絲早就算到了這一步，而黑鋼後繼伊思卡則是憑藉默契察覺此事，並回應了她的行動。

『倒數三——二——』

「結束了。」

劍士躍上半空。

與夜晚同化的黑之星劍，將化為冰雕的殲滅物體一刀兩斷。

光之粒子破裂殆盡。

爆炸並沒有發生。

伊思卡著地後，他頭頂上的夜空逐漸變回了原本的淺黑色。而說到在地上仰望這幅光景的其他人——

「……真難以接受。」

愛麗絲明顯露出了不服氣的神情。

「真是的！本小姐期盼的是和你分出高下，而不是和你一同戰鬥！為什麼你老是搞出這種容易讓人誤會的麻煩事呀！」

這裡是獨立國家阿薩米拉。雖然不像中立都市那樣標榜「禁止開戰」，但皇廳和帝國也不會在這裡進行檯面上的交火。

如果伊思卡和愛麗絲在這裡全力開戰——

那這座鑽油井肯定逃不過遭受大肆破壞的命運吧。身為皇廳的公主，愛麗絲也不樂見狀況走到這一步。

「算了……反正也沒看到其他的帝國兵。」

她長長地嘆了口氣。

「伊思卡，你快給本小姐從實招來。半夜三更、人煙罕至，你和希絲蓓爾（這孩子）到底在這裡做些什麼事？」

「姊姊大人。」

裙襬被扯了一下。

只見拉住姊姊裙子的，正是她身後的希絲蓓爾。

「希絲蓓爾，妳先別說話，本小姐有事和伊思卡——」

「姊姊大人，您認識帝國劍士（伊思卡）對吧？」

「啊……」

愛麗絲這才驚覺不妙。

雖然沒脫口說出，但臉上的表情道盡了一切。由於狀況危急的關係，她不自覺就用熟稔的語氣和伊思卡說上話了。

「果然——」

希絲蓓爾貌似猜疑地瞇細了眼睛。

「姊姊大人——為何身為皇廳公主的您，會結識這名帝國劍士呢？而且，您居然還親暱到會直呼其名。」

「…………」

「我從很久之前就惦記著這件事了。姊姊大人，敢問您和他是什麼關係？」

「…………」

愛麗絲大大地倒抽了一口氣。

然後——

「不，本小姐完全不認識他。『敢問您是哪位』？哦，您一定是希絲蓓爾的護衛對吧？」

她對著伊思卡這麼說道。

「咦？等、等一下，姊姊大人！」

「愛麗絲！」

——別管這麼多了，快配合本小姐！

——你要是被人知道和皇廳公主（本小姐）有私交，也會招致懷疑的吧？

姊姊（愛麗絲）背對妹妹（希絲蓓爾），拚了命地對伊思卡連使眼色。

這對雙方來說都是攸關生死的大事。

伊思卡與冰禍魔女接觸一事要是招致司令部的懷疑，就會再次被打入大牢。

愛麗絲與帝國士兵接觸一事要是被王室知曉，那她的立場就會相當危急。

所以雙方都要保密。

「對吧？」

「……啊，對對對！我也完全不認識這一位呢！啊、啊哈哈……」

「姊姊大人，事已至此，還請您別說這種謊了。」

希絲蓓爾冷冷地說道。

「愛麗絲姊姊大人，您剛才不是喊了『伊思卡』這個名字嗎？」

「是因為希絲蓓爾這麼喊他，本小姐才會跟著喊的。而且當時是非常時刻，會把這名劍士當成妳的護衛看待並出聲搭話，豈不是理所當然？」

「……您打算裝蒜到底嗎？」

「哎呀，妳在說什麼呢？」

表情冷漠的妹妹，以及表現得置身事外的姊姊。

兩人就在伊思卡的面前鬥起了嘴。

「我明白了。那麼，我可以認為姊姊大人真的不認識他對吧？」

「是呀。本小姐對這人是徹頭徹尾地不認識呢。」

「正合我意。」

「……咦？」

「就是這麼回事囉，伊思卡。」

希絲蓓爾公主露出了得意洋洋的微笑。

在愛麗絲還沒能看出她的意圖之前，可愛的少女使一個箭步來到了伊思卡的眼前。

「伊思卡，我果然沒有看走眼，剛才的那場戰鬥就是最好的證明。」

皇廳公主握住了伊思卡的手——

她睜著溼潤的眼眸，朗聲宣布：

「我在將你收為部下之前，是絕對不會死心的。我一定會讓你成為我的部下！我以下任女王希絲蓓爾・露・涅比利斯九世之名起誓！」

「妳給我等一下——！」

愛麗絲尖叫道。

她闖進了兩人之間，用蠻力推開了妹妹。

「妳、妳妳妳……妳在說什麼呀，希絲蓓爾！」

「是在說和姊姊大人完全無關的事。」

希絲蓓爾得意地嘻嘻一笑。

「伊思卡會成為我的部下。」

「開什麼玩笑，伊思卡可是本小姐的勁敵（東西）喔！對吧？我沒說錯吧？」

「……不不，那個，要我裝作不認識的不就是愛麗絲妳嗎？」

愛麗絲和希絲蓓爾——

被兩名魔女公主夾在中間，究竟該怎麼作出回應才好？

「伊思卡哥！」

這時，昏暗的柏油路彼端傳來了音音的叫喊聲。

好幾道腳步聲也隨之響起。

看來陣和米司蜜絲隊長都來了。

……不妙！

……要是這樣的場面遭人撞見，這下肯定會被大家懷疑的！

在互不相讓的愛麗絲和希絲蓓爾面前——

伊思卡瀟灑地轉過身子。

「兩位抱歉了。同伴在找我了，所以我得先走了。」

「啊！伊思卡，等一下！」

「伊思卡，我是不會死心的！我說一是一！」

像是在逃離這對姊妹的說話聲一般。

伊思卡用上最快的速度離開了現場。

Intermission　「力量的代價」

魔女的樂園——

涅比利斯皇廳的第八州黎世巴登——此區緊鄰皇廳的國境，與中立都市往來甚密，以孕育出多位世界級的大文豪聞名於世。

城鎮整頓得井井有條，往來的人潮氣氛和樂。

這天是萬里無雲的蔚藍晴空——

若是將目光投向廣場旁的咖啡廳露天座位區，就能看到許多女子正在享受午茶時光。

而這樣的一間咖啡廳，如今卻充斥著嘈雜聲。

這是因為一名男子——一名能讓人眼睛為之一亮的帥氣男性出現在幾乎客滿的露天座位區的緣故。

「————」

男子一語不發地在緊鄰人行道的位子上坐下。

他有著深邃的五官和白皙的肌膚，眼神凌厲，嘴角緊抿。無論面對的是何方神聖，那一身萬夫莫敵的傲然霸氣都不會有絲毫動搖。

他不僅身材高挑，體魄也極是結實，甚至僅在赤裸的上身罩了一件長大衣。

——宛如片場裡的演員。

明明只是在露天座位區坐下，但男子氣宇軒昂的一舉一動，在在散發著讓妙齡少女以至貴婦為之傾倒的迷人男人味。

「這、這位客人……請問要點餐嗎……」

「————」

面對紅著臉龐前來點單的妙齡女服務生，男子不說半句話，只是伸手指向菜單。

「馬、馬上為您準備！」

白髮美男子沒對在店內奔跑的女服務生多瞥一眼。

他取出了一份由十來張紙裝訂而成的報告書，並默默地掃視充斥著艱澀術語的報告內容。

過不了多久——

「……真令人不快。」

男子以強行壓抑住魄力的嗓聲這麼開口說。

他名為薩林哲。

這名「超越」的魔人，曾在三十年前犯下了孤身一人殺入王宮，對前任女王舉刀相向的荒唐事件。按照出生時期計算，如今的他應當是五十歲上下的老人；但無論是肉體、容貌還是鬥志都沒有衰退的跡象，反而是維持在全盛時期。

毋寧說，他覺得自己還有成長的餘地。

「讓、讓您久等了！」

「………」

送上來的是咖啡和舒芙蕾鬆餅所構成的套餐。他將餐費和小費隨手一拋，交給了送來餐點的女服務生。

「天帝詠梅倫根……那傢伙真是個怪物。」

薩林哲以焦躁的口氣喃喃自語。

「才想說這個人久違地出現在我眼前，卻也不曉得是少了哪根筋，居然把這種紀錄紙塞到我手裡。」

報告書。

那是帝國「某處研究機關」發行的一級機密文書。當然，這種機密文件是不能攜出設施的。

但就只有帝國的象徵——

帝國的最高權力者——天帝詠梅倫根不受此限。

「實驗結果——

對先天帶有[redacted]的魔女施打弱化過的[redacted]，一週後確認[redacted]有擴增的現象。

『純血種「E實驗體」』對於這次的施打呈現正向反應。」

「E實驗體是吧。就名字來看，我能想到的有兩個人就是了。」

與王室相關的始祖血脈。

他在腦海裡聯想出與這個稱呼有關的人名和長相。

「但和我無關啊。」

薩林哲將報告書揉成一團。

掌心的火焰將紙張燒成灰燼，隨風吹散殆盡。他對這樣的光景沒有任何想法，只是茫然地仰望天空。

「……嗯？」

白髮的美男子驀地發現身旁站著一名年幼的少女。

她直直地看了過來。

不過，少女眼巴巴地盯著不放的並非自己(薩林哲)，而是放在桌上的舒芙蕾鬆餅。她大概是被剛烤好的甜美芳香吸引過來的吧。

「小丫頭，有事嗎？」

「人哥哥，你不吃嗎？不吃的話可以給我嗎？」

這樣的說法實在是過於坦率且缺乏修飾。

這是年紀太小的關係。若她再長大一點，大概就會知道這時要露出討人喜歡的笑容，用甜膩的聲音央求對方了吧。

「小丫頭，我有兩件事得和妳說明白。」

魔人以傻眼的口吻說道：

「第一，我不喜歡這種弱不禁風的稱呼；第二，這是我付錢買來的，所以別向我乞討。這世上不存在不支付代價就能獲得的東西。」

「…………」

少女垂下了臉龐。

「說起來，小丫頭，妳身上不是帶著錢嗎？」

她的脖子上繫著一個小巧的零錢包。

就薩林哲的觀察，這名少女應該不是身無分文才對。不過——

「裡面裝的又不是錢。」

「嗯？」

「是亮晶晶的石頭，人家在河邊撿的。」

幼小少女將零錢包的內容物倒了出來。

別在我的位子上亂灑東西——

在薩林哲還來不及阻止的時候，幾粒小石頭就這麼灑落在咖啡杯的周遭。每一顆石頭的顏色都顯得有些暗沉，上頭還帶有條狀紋路。

「縞瑪瑙啊？這不是挺值錢的嗎？」

其中一顆——

薩林哲以粗魯的動作，將最小的圓形石頭拎了起來。

「啊！不行！那是人家的——」

「這就行了。」

「……咦？」

「這就是代價。不過，記得下次要挑選更為漂亮的石頭。」

他背對一臉茫然的少女，邁出了步伐。至於剛出爐的舒芙蕾鬆餅就這麼被他擱在桌上。

「不過女王（米拉蓓爾）啊，妳的代價可就沒這麼便宜了喔？」

超越的魔人像是在咒罵般繼續說道：

「妳的好運在於獲得了女王寶座，但妳的不幸，就在於妳不曉得獲得女王寶座的代價究竟有多大。」

陰暗的小路。

他筆直地走進照不到陽光的巷弄小徑。

「就儘管享受來日無多的王權吧。始祖的血脈……真正的怪物很快就會咬住妳的喉嚨。」

魔人繼續前進。

他的目標是中央州——也就是涅比利斯王室齊聚一堂的城堡。

Epilogue 「是誰之物？」

1

「本小姐只能再待十五分鐘。若是逾時未歸的話，會讓同行的部隊起疑的。」

「我知道。」

獨立國家阿薩米拉——

在巨大購物中心裡的休息區一隅，伊思卡正和愛麗絲坐在同一張長椅上。

看在周遭路人的眼裡，兩人說不定像是一對情侶。然而，兩位當事人的臉上都烙印著深深的憂慮。

「……我想確認一下妳剛才提過的事。」

愛麗絲就在幾乎要碰到彼此肩膀的距離。

宛如絲綢般的柔軟金髮披散在自己的肩上，這陌生的觸感讓伊思卡感到很是心癢難耐。

……真是的，要認真一點啊。

……我可是在談論攸關自己人生的重要話題。

他盡可能不看向愛麗絲的側臉，開口問道：

「妳說，希絲蓓爾的房間裡藏了八卦雜誌，內容和我一年前的事有關？」

「沒錯。那孩子一直在懷疑我和你之間的關係。她肯定懷疑身為公主的我有通敵之嫌。」

兩人並沒有私相勾通連繫。

如果這裡不是獨立國家，而是某個戰場，那麼伊思卡和愛麗絲肯定會不說半句話地使出全力開戰。

這是兩人的宿命。

彼此既是敵人亦是勁敵，不存在和睦相處的選項。

「……但到底是怎麼回事？本小姐總會在這種地方和你相遇呢。」

「……我才想問這個問題啊。」

他們都沒有背叛自己的國家，兩人都是打從心底為母國而戰。

要是這方面的決心招致誤解，那麻煩就大了。

「所以本小姐才要再次和你確認。在皇廳人士在場時，我希望你能裝作不認識我——就算是在妹妹（希絲蓓爾）的面前也一樣。」

「我想，希絲蓓爾只差沒有直接說破了吧。」

「但還是得裝下去。無論是對本小姐還是對你而言，一旦在中立都市艾茵發生的事情曝了光，狀況就會走向最糟的局面。」

「……我知道了。不過，我能問一個問題嗎？」

「可以。」

「那孩子不是妳妹妹嗎？」

既然是血緣相繫的姊妹，那麼只要如實將迄今的一切說明清楚不就好了？

這就是伊思卡想不透的部分。

「是我妹妹沒錯。不過……」

「不過？」

「能當上女王的只有一個人喔。」

「唔！」

「本小姐也為此很是煩惱呢。昨天晚上，我雖然著了魔似的尋找那孩子的下落，但還是有那麼一瞬間……差點萌生後悔的念頭。我為什麼要救她？如果見死不救的話，下任女王的候補就少掉一人了呀。」

愛麗絲的眼裡充斥著糾葛之色。

但在伊思卡的面前，她很快將之轉換成憤怒的眼神。

「真是丟人現眼，我對閃過那絲念頭的自己感到窩囊。因為那種念頭並不可取吧？女王的寶座，豈是能用這種下流手段強搶而來的東西？能獲得民眾和王室的全面支持，才算得上是——————啊…………」

把話說得如連珠砲般的公主驀地回神過來。

原本看向伊思卡的她，有些害臊地挪開了視線。

「對、對不起。這不是該對帝國兵的你抱怨的事……」

她隨即站起身子。

並俯視還坐在長椅上的伊思卡。

「這是一場交易……雖然本小姐認為這樣的機會並不多，但還是希望你能為我倆的關係保守祕密。」

「就算被星靈部隊抓去拷問也一樣？」

「這是當然。作為交換——」

金髮少女彎下身子。

將視線變得和伊思卡同高。

「作為交換，本小姐會幫你隱藏另一個天大的祕密。」

「什麼祕密啊？」

天大的祕密？

對伊思卡來說，他實在想不到能有哪件祕密能比自己和愛麗絲有所接觸一事更為嚴重。更何況，如此重大的祕密居然還是由愛麗絲主動開口？

「『你的隊長變成魔女了』。我沒說錯吧？」

「……唔！」

他不禁站起身子。

「契機是墜入了星脈噴泉。而本小姐就連星紋的位置也知道喔。是在左肩對吧？」

「……妳居然連這都查到了啊？」

她究竟是在何時何地知曉這一切的？

不過愛麗絲可是「魔女樂園」的公主，和身為帝國人的自己相比，應該對於星靈的存在更為敏感。

……居然還特地用上「魔女」這個詞。

……是要我設想在帝國境內遭到曝光時會有什麼下場嗎？

帝國軍的隊長化為魔女──

這事一旦外洩，第九〇七部隊就會澈底崩潰。

「你這下懂了吧？本小姐和你都握有彼此的祕密呢。」

「……我知道了。」

伊思卡聳了聳肩。

「包含這次的對話在內，全都是只屬於我倆的祕密是吧？」

「沒錯。讓我們為彼此祕密吧……嘻嘻，總覺得這種約定讓人心跳加速呢。這很有對等的感覺，真不錯呢。」

「妳為什麼這麼開心啊？」

「本、本小姐才沒有感到開心呢！真是的，你還真是沒禮貌呢！本小姐可是在談論一件很嚴肅的事情！」

愛麗絲攏了一下瀏海，清了清嗓子說道：

「本小姐還得和希絲蓓爾聊聊，就先走一步了——」

「嗯，『改天再見』。」

魔女公主轉過身子。

金色的長髮隨著她的步伐左右搖曳。而在目送她離去後——

「我也該走了。可不能讓隊長等太久。」

伊思卡也離開了休息區。

「……真傷腦筋啊，到底該繼續留在這個國家，還是該換個地方呢？」

2

在與伊思卡道別後——

愛麗絲踏出了購物中心的入口。

「呼，外面可真是炎熱呢。早知道就該帶陽傘出門……」

從頭頂上方照耀而下的璀璨陽光，讓愛麗絲瞇細了眼。

阿薩米拉是位於沙漠的觀光聖地。和昨天深夜大不相同，一到白天，就會轉化為幾乎能把人烤熟的灼熱氣候。

「愛麗絲姊姊大人。」

這時——

親妹妹希絲蓓爾戴著可愛的遮陽帽緩緩走近。

「哎呀，那頂帽子是？」

「是我剛才買的，總覺得還是稍作變裝比較好。」

妹妹用力拉低了遮陽帽的帽沿。

「因為假面卿在追捕妳的關係嗎？」

「————」

希絲蓓爾沒有回答。

這樣的互動還是沒變。愛麗絲原本期待她會因為難得外出而放下戒心，但她還是老樣子，對於至關緊要的問題總是一言不發。

……不過，倒是解決了其中一個疑問。

……畢竟昨晚的希絲蓓爾只肯談這件事。

一年前的魔女越獄事件——

當時伊思卡拯救的魔女，正是希絲蓓爾本人。而她之所以將那本八卦雜誌藏起來，為的是調查當時那名帝國士兵的來歷。

並不是在懷疑愛麗絲和他（伊思卡）之間的關係。

然而——

「身在王宮的愛麗絲，居然沒有聽說過希絲蓓爾被帝國抓住的大事件」。

是誰控制了相關資訊？

希絲蓓爾平時總是足不出戶，就算突然從房間裡消失，王宮裡的人員也不會有所察覺。

……女王是否知情呢？

……不，若知道有如此危險的前例，就不會放她一個人來到這個國家了。

話又說回來——

希絲蓓爾是怎麼被抓的？

身在王宮的希絲蓓爾若要被關入帝國的大牢，就得先將希絲蓓爾帶出皇廳，並想辦法將她送入帝國境內才行，不然這起事件就不可能成立。

這次也一樣。

純血種(希絲蓓爾)位於這個國家的資訊，是怎麼洩漏到帝國軍手裡的？

「希絲蓓爾，本小姐還有事想問妳——」

「姊姊大人。」

希絲蓓爾以冷淡的語氣回答：

「昨晚在旅館我應該說得很明白才是。我一年前因為一時疏忽，所以才落到帝國的手裡，並在逃獄的時候獲得了他的協助。」

「嗯，這我已經聽說過了，不過——」

「我能說的就只有這些。」

「嗄？等等，希絲蓓爾，妳先別走！」

「我還有女王交付的任務在身，可是很忙碌的。姊姊大人，請您先行歸國吧。您不是還沒抓到那名惡名昭彰的魔人（薩林哲）嗎？我認為您有先回城一趟的必要喔。」

「……唔！」

明明是妹妹，卻一點也不討人喜歡。

她昨天牽起伊思卡的手，強硬地表示想收對方為部下的時候，雙眼明明是那麼地炯炯有神。

這豈不像是——

豈不像是比起姊姊（愛麗絲），她更喜歡帝國士兵（伊思卡）嗎？

「希絲蓓爾，妳給本小姐記著！等妳回王宮之後，我一定要把妳從頭到腳問過一遍！」

「好的。我們走吧，修鈸茲。」

她拉著貼身侍奉的老紳士，快步走向人潮的另一側。

在看不見她的身影後——

「……本小姐該怎麼向女王報告才好呀。」

愛麗絲暗自嘆了口氣。

＝＝＝

在快步離開購物中心後——

「小姐，這樣真的好嗎？這樣回應愛麗絲大人是否……」

「沒關係啦。」

聽到身旁的貼身侍從這麼詢問，希絲蓓爾氣呼呼地將頭撇開。

「小的認為愛麗絲大人是擔心孤身一人出境的您，才會特地過來探望的……」

「嗯，她是這麼說的沒錯。」

她為自己擋下了殲滅物體的自爆攻擊，這的確是不爭的事實。

但內心的猜疑尚未完全釐清。

「假面卿！您、您爲何會出現在這裡……」

「只是湊巧放了個假啊。」

她被派遣到此地，是僅有露家才知悉的消息。

……假面卿，你想打馬虎眼也沒用。

……向你通風報信的，肯定是愛麗絲姊姊大人，或是伊莉蒂雅姊姊大人吧！

帝國軍的殲滅物體，想必也是收到同一人物的告密才會派出的兵器。

兩名姊姊之中，有一人是告密者。

那人肯定就是叛國者，是「那頭怪物」的同伴。同時也是覬覦女王性命，企圖登上皇廳頂點的大逆不道之輩。

「修鉞茲，我還沒有釐清愛麗絲姊姊大人的嫌疑。」

姊姊愛麗絲造訪這個國家的目的——

她會不會其實和假面卿暗中串通，打算聯手陷希絲蓓爾於不義？

……但因為伊思卡在場的原因，計畫失敗了。

……所以姊姊大人才會變更作戰方針，佯裝是我的同伴？

希絲蓓爾提防的是這一點。

目前還不能向愛麗絲敞開心房。

「修鉞茲，經此一役，我痛切地明白，我果然還是需要護衛。也就是有戰鬥能力的部下。」

「小的並無異議。」

「我下定決心了。果然還是非伊思卡不可——」

她默默地握住手掌。

昨晚握過伊思卡的手。他的手是那麼地溫暖。

「我絕不輕言放棄，因為你是必要的存在。所幸我有辦法解決你現在的困境呢。」

她輕輕按住了胸口。

那是星紋所在的位置。

她雖然穿著低胸洋裝，但注意到希絲蓓爾星紋的行人可說是趨近於零。因為她巧妙地貼上了膚色貼紙，藏住了星紋的存在。這種貼紙用上了特殊鍍膜，不僅能遮蔽星靈光芒，甚至能阻絕星靈能源。

這是帝國還未著手開發的新型材料。雖然對帝國人（伊思卡）來說是無用之物——

「『但你的隊長需要這個吧』？」

這段由祕密構築而成的關係——

使得帝國劍士伊思卡和魔女之間悄悄地萌生出「另一段宿命」。

Continued 「Elletear（伊莉蒂雅）」

涅比利斯王宮「女王謁見廳」——

清澈的陽光穿透了窗戶的蕾絲，照亮了整座大廳。這裡是由綠意盎然的觀葉植物、陽光和葡萄酒色的地毯所點綴的神聖空間。

大廳裡響起了「叩叩」的腳步聲。

只見一名美麗的公主緩緩邁步，保持優雅的身段慢慢前行。

「女王陛下，恭請您早晨聖安。」

「早安，伊莉蒂雅。」

女王謁見廳。

站在二十階台階上頭的女王米拉蓓爾，轉過身子看向愛女。

三姊妹的長女伊莉蒂雅。

「妳明明才剛結束長途旅行，我卻一大早就將妳喚來這裡。」

「那已是數日前的事了。如您所見，女兒身體健康得很。」

長女嫻淑地回應。

這時，行禮如儀的長女像是察覺到什麼似的，環視起女王謁見廳。

「女王陛下？女兒沒看見平時的熟面孔呢。」

「我把護衛和家臣請出去了。因為我有話想和妳單獨聊聊。」

「哎呀，是什麼事呢？」

女王對著面露微笑的長女說道：

「我有兩件事要問妳。」

「女兒洗耳恭聽。」

「走漏希絲蓓爾去向的人，就是妳嗎？」

伊莉蒂雅臉上依然掛著笑容。

但她的動作卻像是凍僵了一般停了下來。

女王米拉蓓爾沉默了一陣子，以比平時冰冷許多的眼神睥睨著站在臺下的女兒。

「至於第二件事。」

長女沒有出聲回應。

女王則是毫不在乎，繼續以冷淡的口吻說道：

「『妳是真正的伊莉蒂雅嗎』？」

「————」

大廳陷入了一片寧靜。

女王冰冷的嗓音在大廳裡迴蕩片刻，直到萬籟俱寂之後——

第一公主（伊莉蒂雅）的嬌笑聲響徹四下。

後記

少女窺視起偉大母星的過去——

如此這般，第三公主希絲蓓爾正式參戰。

從第一集就記住她的讀者，以及一直期待她再次登場的讀者，這次是否有千呼萬喚始出來的感覺呢？由於是一位從第一集就伺機出場時刻的女孩，希望各位今後也能為她加油。

好的，言歸正傳。

感謝各位購入本書《這是妳與我的最後戰場，或是開創世界的聖戰》（這戰）第四集！

第四集的主題是「祕密關係」。

伊思卡和愛麗絲在星星操弄的命運下重逢；而從第一集就結下緣分的伊思卡和希絲蓓爾，也在同一時期發展起彼此的關係。雖說兩邊都是不可公開的祕密關係，但還請各位讀者期待今後的發展。另外，關於下一集的部分——

・希絲蓓爾快速接近（對象是伊思卡）。

・愛麗絲火冒三丈（原因是伊思卡）。
・第一次姊妹大戰爆發。
筆者雖然打算以這三項主題展開描寫，但目前還在粗擬大綱的階段。至於實際情節如何，還請各位期待第五集上市。
那麼，接下來是告知好消息的時間。
《這戰》是從去年春季開始發行（註：本文出現的時間皆為日本販售的狀況），而在許多人的支持下，今年似乎會有更大動作的發展。
廣播劇、漫畫化、《Dragon Magazine》連載，三項企畫同時進行！
首先是第一項企畫，廣播劇！
這是以細音我所撰寫的全新短篇故事為基底，並邀請專業配音員為伊思卡和愛麗絲獻聲。
為伊思卡配音的是小林裕介先生，為愛麗絲配音的則是雨宮天小姐。
兩位都是超級實力派的配音員，細音我也有幸旁聽了配音的過程，只能說兩位的演技都與角色形象極為匹配，演活了一齣熱鬧有趣的廣播劇。由於是免費公開的，還請各位聽上一聽。
目前正公開於Fantasia文庫官方網站的《這戰》頁面。
再來是漫畫化！

已決定會登陸《Young Animal》雜誌，並於5月11日發售當期開始連載！

由漫畫家okama老師執筆。

不僅繪製了稍作加筆後變得更為可愛的角色們，也精心刻劃了帝國的都會叢林和帝國領外的荒野等背景部分。其中更增加了只有漫畫才有的獨特橋段，感覺會是連筆者我都會期待不已的漫畫呢。

由於是從5月起開始連載的，還請各位期待連載和單行本的發售。

最後則是決定登陸《Dragon Magazine》連載！

這邊也是預計在5月上市的當期開始連載《這戰》的短篇故事。內容會是平時的長篇難以描寫的部分，我希望能盡量多寫幾篇有趣的故事，讓讀者們看到角色們不為人知的一面。

我在撰寫短篇的時候也會加油的！

如此這般，以上就是跨媒體合作的三項企畫。

在此——

筆者想再次向支持我的所有人致上謝意。

另外還有插畫家猫鍋蒼老師與責編K大人。

這次也受兩位多方照顧了。封面的希絲蓓爾實在是太過可愛，讓筆者我也不禁想更加用心地描寫她今後的活躍。

此外，第五集預計會於夏季上市。

希絲蓓爾和愛麗絲的姊妹戰爭篇（？）……究竟是否會成真呢？還請各位期待成書發售的那一天。

由於距離夏季還有一些時間，還請允許細音在此推薦另一套系列書，作為打發時間的刊物。

●MF文庫J

《為何我的世界被遺忘了？》

——這是被世界遺忘的少年的英雄故事。

這是孑然一身的少年，將挑戰天使、惡魔和幻獸等強大的其他種族，將「被竄改」的世界導回正史的故事。

本書是才剛出第三集的新系列，銷售量也大獲好評。

而且本書和《這戰》一樣，居然決定推動漫畫化&遊戲化的企畫，而KADOKAWA的《月刊comic alive》已經先一步開始連載了。

由於反響極為熱烈，也請各位在書店拿起《為何我》看看吧！

好的，剩下的篇幅也不多了。

劍士伊思卡和魔女公主愛麗絲的故事——

在爆發激烈衝突的同時相互吸引的兩人，究竟會被星星的命運帶向何方？

新登場的魔女希絲蓓爾氣勢洶洶地參戰，而涅比利斯王宮方也即將陷入困境，劇情將會進入新一波的高潮。

那麼再見了。

於6月25日上市的《為何我的世界被遺忘了？》第四集（ＭＦ文庫Ｊ），

以及夏季上市的《這戰》第四集，

但願能在這兩冊再次見到各位。

於感受春季到來的日子　細音啓

※我會在推特上隨時公布新書上市等訊息。

https://twitter.com.sazanek

下集預告

「現在的伊思卡已經和我一心一德了。」

「妳若不是本小姐的親妹妹，我早就找妳發起決鬥了……」

在希絲蓓爾提出的交換條件下，伊思卡不得不以護衛的身分再次進入皇廳。

而愛麗絲莉潔則是目擊伊思卡陪同希絲蓓爾的光景，讓她的內心大為慌亂。

然而，為了彼此的目的，他們只能試著把對方當成陌生人——

至高魔女與最強劍士的舞蹈，第五幕。

在姊妹相互牽制之際，沉眠於女王聖別大典的「始祖血脈」已然對她們張開獠牙。

這是妳與我的最後戰場，或是開創世界的聖戰 5

近期預定發售！

我喜歡的妹妹不是妹妹 1~8 待續

Kadokawa Fantastic Novels

作者：惠比須清司　插畫：ぎん太郎

「其實我……我一直都很喜歡哥哥！」
為了有望當上作家的祐，涼花提供的協助是……!?

祐的投稿接到出版社回應，在通往作家之路又邁進一步。涼花主動協助倒還算好……祐向舞她們尋求建議，卻變成要描寫理想的命運相會，靠震撼力來分輸贏，還爆發愛情喜劇大論戰!?又是求親吻，又是讓祐撒嬌，又被告白，展開驚滔駭浪大對決──！

各 **NT$200~220/HK$67~73**

驚爆危機ANOTHER 1~12、SS（完）

Kadokawa Fantastic Novels

作者：大黑尚人　插畫：四季童子

百花撩亂的SF軍事動作小說，
堂堂完結！

在片刻的休憩中，一道黑影正悄悄逼近看似取回了和平日常的達哉！——完整收錄描寫戰士們在達成使命後的新故事，達哉教官與克拉拉第一次的AS操縱體驗、將愚蠢恐怖分子捲入的三条姊弟的假期騷動、魔鬼剋星D.O.M.S.的船幽靈除靈之旅等優秀短篇！

各 **NT$180~220/HK$55~68**

普通攻擊是全體二連擊，這樣的媽媽你喜歡嗎？1~7 待續

Kadokawa Fantastic Novels

作者：井中だちま　插畫：飯田ぽち。

靠著媽媽的力量，
把無人島改造成度假村吧！

大好真真子一行人獲得「搭飛船遊南洋．四天三夜度假之旅」招待券，飛船卻臨時故障摔在無人島上，裝備全掉光，真人原本妄想的勇者大冒險變成一場決死的野外求生——真真子卻把無人島弄得有回家的感覺!?

各 **NT$220/HK$68~75**

國家圖書館出版品預行編目資料

這是妳與我的最後戰場，或是開創世界的聖戰 / 細音啟作；蔚山譯．-- 初版．-- 臺北市：臺灣角川，2020.06-
冊；　公分．-- (Kadokawa fantastic novels)
譯自：キミと僕の最後の戦場、あるいは世界が始まる聖戦．4
ISBN 978-957-743-817-1（第 4 冊：平裝）

861.57　　109005097

Kadokawa Fantastic Novels

這是妳與我的最後戰場，或是開創世界的聖戰 4

（原著名：キミと僕の最後の戦場、あるいは世界が始まる聖戦4）

2020年6月24日　初版第1刷發行
2020年12月4日　初版第2刷發行

作　者：細音啓
插　畫：猫鍋蒼
譯　者：蔚山

發行人：岩崎剛人
總編輯：蔡佩芬
編　輯：彭曉凡
美術設計：李思穎
印　務：李明修（主任）、張加恩（主任）、張凱棋

發行所：台灣角川股份有限公司
地　址：105台北市光復北路11巷44號5樓
電　話：(02) 2747-2433
傳　真：(02) 2747-2558
網　址：http://www.kadokawa.com.tw
劃撥帳戶：台灣角川股份有限公司
劃撥帳號：19487412
法律顧問：有澤法律事務所
製　版：尚騰印刷事業有限公司
ISBN：978-957-743-817-1